혼자서 완전하게

혼자서
완전하게

·

더도 덜도 없는
딱 1인분의 삶

이숙명 지음

북라이프

혼자서 완전하게

1판 1쇄 발행   2017년 6월 16일
1판 7쇄 발행   2020년 11월 23일

지은이 | 이숙명
발행인 | 홍영태
발행처 | 북라이프
등 록 | 제313-2011-96호(2011년 3월 24일)
주 소 | 03991 서울시 마포구 월드컵북로6길 3 이노베이스빌딩 7층
전 화 | (02)338-9449
팩 스 | (02)338-6543
대표메일 | bb@businessbooks.co.kr
홈페이지 | http://www.businessbooks.co.kr
블로그 | http://blog.naver.com/booklife1
페이스북 | thebooklife
 ISBN 979-11-85459-79-0   03810

비즈니스북스는 독자 여러분의 소중한 아이디어와 원고 투고를 기다리고 있습니다.
원고가 있으신 분은 ms2@businessbooks.co.kr로 간단한 개요와 취지, 연락처 등을 보내 주세요.

이곳에서 우리는 모두 혼자인 채로 함께다.

1인분의 완전한 삶을 위하여

나는 혼자 산다. 그리고 혼자 일한다. 외부 세계의 영향을 최소화한 시스템이다. 하기 싫은 일은 되도록 하지 않고, 만나기 싫은 사람은 안 만나고, 누구의 허락도 없이 떠나고 싶을 때 떠난다. 그런 삶의 기반을 마련하기 위해 오래 노력했다.

어머니는 늘 말씀하셨다.

"여자가 능력 있으면 뭐 하러 결혼하냐. 그냥 혼자 살아라."

사회에 진출하자 선배들이 말했다.

"이게 사는 건가. 돈 모아서 치킨집이나 차리자."

가정과 회사에 내 미래가 없다는 건 분명했다. 슈퍼 우먼이여, 안녕!

자유로운 단독자로 살겠다 결심하자 삶은 한결 단순해졌다. 다만 몇 가지 불편이 따른다. 우선 주변 사람들, 나아가 사회가 쏟아내는 잔소리다. 그냥 혼자 살라고 할 때는 언제고, 자기도 능력만 있으면 회사 같은 거 치사해서 안 다니고 싶다더니, 막상 그러고 사는 사람에겐 걱정과 저주를 퍼부었다. 다행히 30대 후반부터 가족의 잔소리는 줄었다. 싸우는 게 지겨워졌거나, 포기했거나, 저도 오죽하랴 싶은가 보다.

그다음은 미래에 대한 불안이다. 언제까지 이런 상태를 유지할 수 있을까 종종 걱정된다. 이 사람과 헤어지면 다시 연애를 할 수 있을까? 내일 당장 일이 끊기면 어떻게 하지? 늙거나 병들어 거동이 불편해지면 누가 나를 돌봐주나? 하지만 이내 남편과 직장도 그리 믿음직한 대책이 아니라는 데 생각이 미친다. 가족도 돌아서면 남이고, 직장에 충성해봤자 회사가 망하거나 나이 들어 내쫓기면 일찍 독립한 사람들보다 나을 게 없다. 또한 '나 아니고 여기 아니어도 갈 데 많은 사람'이라는 긴장이 없으면 상대에게 무심해지는 게 관계의 생리라, 결혼을 하건 회사를 다니건 자립의 기반은 있어야 한다. 그럼 결국 지금과 다를 게 뭔가, 라는 의문이 든다. 그래, 돈이나 열심히 모으자, 결론은 늘 그렇게 난다.

마지막 불편은 외로움이다. 매일 얼굴 보고 시시콜콜 의논할 사람이 없다는 게 가끔은 막막하다. 상세한 설명 없이도 내가 요즘 무슨 일을 하고, 오늘 무엇 때문에 힘들었는지 알아주는 사람, 따로 약속을 잡지 않아도 매일 만날 수 있는 누군가가 있다는 건 그게 가족이건 동료건 감사할 일이다. 하지만 그들에게 딸린 한 무더기의 부록은 원치 않는다. 누구 말마따나, 소시지 하나 먹자고 돼지를 기를 필요는 없다. 게다가 혼자 놀아버릇하면 그것만큼 편한 게 없다.

이 사소한 불편들은 확실히 감수할 가치가 있다. 단적인 예로, 나는 지금 발리의 한 카페에서 이 글을 쓰고 있다. 여기 온 지 두 달이 조금 넘었다. 서울의 겨울을 피하기 위해서다. 벚꽃이 피면 돌아갈 예정이다. 맥북을 들여다보며 심각한 표정을 짓고 있는 대머리 남자, 집시처럼 차려입고 소파에 누워 책을 읽는 금발 여자, 서로 사진을 찍어주고 있는 일본 관광객들이 보인다. 친구를 몇 명 사귀었고, 수영이 늘었고, 스쿠터를 탈 수 있게 되었다.

내 시간을 내 마음대로 쓸 자유, 어디든 떠날 수 있는 여유, 누구든 만날 수 있는 가능성, 한 시간 후의 일부터 10년 뒤의 일까지 나 하나만 생각하고 계획하면 되는 간편함은 이제 내 인생에서 지켜내야 할 가장 소중한 가치가 되었다. 또박또박 월급 나오는 회사, 나 대신 요리와 공과금 처리를 맡아줄 동거인, 남아도는 애정을 소모할 수 있는 자녀 같은 존재가 내 삶을 얼마나 더 윤택하게 만들어줄지 몰라도 그것을 위해 내가 가진 것들을 희생하고 싶지는 않다.

얼핏 이기적이고 게으르게 들리겠지만 나는 내게 적합한 이 구조가 최대한 오래 지속될 수 있도록 나름의 노력을 기울인다. 통장 잔고가 일정 수준 이하로 떨어지지 않도록 일을 만들어내고, 너무 오래 고립감을 느끼거나 불필요한 관계에 치이지 않도록 세심하게 사람들과의 거리를 조정하고, 언제나 나 자신을 내 세계의 중심에 두기 위해 노력한다. 혼자일 때 완전한 사람이어야 타인과도 잘 지낼 수 있다고 믿기 때문이다. 나는 내게 다가오는 모든 사람들도 그와 같기를 기대한다. 넘치지도 모자라지도 않은, 그리하여 나를 침범하거나 내가 보탤 필요 없는, 딱 1인분의 인간 말이다.

이숙명

혼자 놀기
고독한 밤의 플레이리스트

혼자 여행하기

언제나 한 사람 분의 티켓은 있다

결혼하지 않을 권리

우리를 성장시키는 건 불편한 행복이 아니라 외로운 자유다

혼자 살기

/

약간의 외로움을 지불하고 완전한 자유를 얻다

독립 25년 차,
혼자가 편해졌다

나는 너에게 모든 것을
해줄 수 있어.
같이 사는 것만 빼고.

나는 알람 없이 하루를 시작한다. 피곤이 풀릴 만큼 자고도 조금 더 자서 오히려 약간 피곤한 상태로 깬다. 그때가 오전 11시쯤이다. 혼자라도 침대는 퀸 사이즈를 쓴다. 그래야 편하다.

이불을 대강 정리해놓고 거실 겸 서재 겸 주방으로 나간다. FM 라디오의 클래식 채널을 틀어놓고 뭐 먹을 게 없나 냉장고를 뒤진다. 한 달에 두어 번 요리를 하지만 보통은 간단히 먹을 수 있는 과일이나 두부, 달걀 따위가 전부다. 토스트에 된장을 발라 먹어도 음식 타박할 동거인이 없으니 상관없다. 다행히 나는 조리 안 된 간소한 음식에 더 적합한 위장과 입맛을 가졌다. 손에 잡히는 대로 꺼내서 접시에 얹어놓고 커피를 내린다. 식사를 하며 잡지들을 훑어보거나 책을 읽는다.

식사가 끝나면 이를 닦고 컴퓨터를 켠다. 쓸데없는 웹서핑과 돈벌이용 작업의 비율은 9대 1 정도다. 마감이 없는 날이면 영화를 보러 나간다. 일주일에 줄잡아 일곱 편 이상의 시사회가 열리지만 재미있는 것은 한두 편에 불과하다. 그래도 본다. 영화를 보고 리뷰를 쓰는 것은 큰돈은 되지 않지만 일이자 취미이고 집 밖에 나갈 좋은 구실이기도 하다.

늦은 오후에 점심 겸 저녁 식사를 한다. 주로 혼자 식당에 가서 사 먹는다. 평생 혼자 밥 먹는 게 무안한 적은 없었다. 요즘은 혼자 밥 먹는 동안 휴대전화를 들여다보는 습관을 버리려 노력 중이다. 밥 먹을 때 딴짓을 하면 음식 맛을 느낄 수 없기 때문이다. 내가 차린 밥이야 맛이 그저 그러니까 상관없지만 남의 음식은 제대로 음미하고 싶다.

저녁을 먹고 들어와 뉴스를 보며 빈둥대노라면 퇴근하는 친구들이 슬슬 전화를 걸어온다. 주로 일이 힘들고 사람이 힘들다는 하소연이다. 즐거울 때 나를 찾는 사람은 별로 없는 것 같다. 시간이 맞으면 집이나 근처 술집으로 불러서 뭔가를 마시며 얘길 듣는다. 손님이 없으면 혼자 술을 마시며 영화를 보거나 책을 읽는다. 그러다 피곤해지면 잔다. 보통 새벽 4시가 지나서다.

나의 하루는 거의 이런 식이다. 일 때문에 낮에 사람을 만나거나 원고 마감이 겹쳐서 며칠 밤을 새우는 경우도 있고 여행을 다닐 때도 있지만 대개는 그렇다. 혼자 사니까 가능한 사이클이다. 나는 고등학교 1학년 때부터 자취를 시작했다. 그 후로 줄곧 누구도 이래라저래라 하지 않는 삶을 살아왔다.

가끔 내 집을 노리는 사람들이 있었다. 몇 해 전에는 공무원 시험에 합격한 언니가 모아둔 돈이 없으니 나와 함께 살아야겠다며 집에 들어왔다. 우리 자매의 관계는 좀 독특한 데가 있다. 언니는 나한테 부모이자 친구이자 가끔은 동생 같은 존재다. 세상 누구보다 가깝다. 대학 시절엔 수년간 원룸에서 함께 생활하기도 했다. 하지만 나이 서른이 넘어서 불규칙한 생활이 몸에 익은 뒤에는 함께 사는 것이 도무지 내키지 않았다. 그래서 나는 언니에게 집을 넘겨주고 뉴욕과 남미로 긴 여행을 떠났다가 언니의 결혼 소식을 듣고서야 귀국했다.

내가 남의 집에 들어가야 하는 상황도 있었다. 이사 날짜가 안 맞아서 2주 동안 오갈 곳이 없어졌다. 회사를 다닐 때라 여행을 떠날 수도 없었다. 사정을 이야기하자 언니는 물론이고 혼자 사는 친구들이 자기 집에서 묵어도 좋다고 허락해주었다. 그들 집에서 하루 이틀씩만 묵어도 2주는 너끈할 것 같았다. 하지만 결국 나는 게스트 하우스를 선택했다.

누군가와 함께 살기가 망설여지는 건 다음 이유들 때문이다.

첫째로 집에서 브래지어를 벗고 돌아다닐 수 없다. 나의 거북목은 더 심해질 것이며 요통과 호흡곤란으로 발작을 일으킬 수도 있다. 잘 때는 팬티조차 거슬리는데 "간식 먹고 잘래?"라는 룸메이트의 말을 점잖게 거절하기 위해 일어나서 옷을 꿰입고 문을 열었다가 다시 옷을 벗고 잠자리에 눕는 건 생각만 해도 피곤하다.

둘째로 화장실에 30분씩 앉아 있을 수 없다. 나의 장은 아주 길어서 음식을 사흘씩 보관했다 배출하기 때문에 자유로운 화장실 사용이 무엇보다 중요하다.

설거지와 청소를 미룰 수 없다는 것이 그다음 이유다. 귀찮은 일을 틈틈이 해치워야 한다는 사람이 있는가 하면, 나는 되도록 미뤘다 한꺼번에 해치워서 횟수를 줄이는 게 좋다고 생각한다.

넷째로 불규칙한 수면 사이클 때문에 눈치가 보일 것이다. 나는 자다가 자주 깬다. 영 잠이 안 오면 아예 딴짓을 한다. 새벽 3시에 TV를 보거나, 그림을 그리거나, 글을 쓰거나, 바느질을 하거나, 기타 연습을 하거나, 가구 배치를 바꾸기도 한다. 그 때문에 누군가는 불편해질 수 있고, 누군가 나 때문에 불편해한다면 나도 기어이 불편해지고 말 것이다.

다섯째 이유는 문란하게 살 수 없어서다! 매일 섹스 파트너를 갈아치우며 난잡하게 사는 게 나의 소망인데 룸메이트가 있으면 곤란하지 않겠나. 워낙 취향이 까다로운 탓에 실현이 불가능한 바람이지만 그 소망의 불씨는 늘 마음 한구석에 살아 있다.

그리고 무엇보다 표정에 신경 써야 한다. 이 부분이 가장 곤란하다. 나는 아무 생각 없이 있을 때조차 종종 기운 내라거나 못마땅한 게 있느냐는 소리를 듣는다. 집에서까지 오해를 피하기 위해 가면을 쓰고 싶지는 않다.

사소하게는 TV 채널을 마음대로 바꿀 수 없고, 방의 온도를 내게 꼭 맞게 조절할 수 없으며, 집에 드나들 때 동거인에게 보고를 해야 하는 데다, 내 취향에 맞지 않는 인테리어를 견뎌야 하고, 몸에서 썩은 내가 나지 않을 정도로는 씻어야 한다는 문제가 있다.

재미있는 것은 내가 집을 잃고 떠돌던 2주 동안 제 집에서 자도 좋다고 말해준 사람 대부분이 길어도 사흘 정도가 적당하다고 단서를 달았다는 점이다. 심지어 당시 남자 친구조차 "사흘 정도는 괜찮지만……"이라고 말끝을 흐렸다.

2주 내내 머물러도 좋다고 적극적으로 나를 초빙한 유일한 사람은 모성애가 콸콸 흘러넘치는 친구로, 그 집에 들어가는 것은 수다쟁이 패널 다섯 명이 등장하는 FM 라디오가 커다랗게 울려 퍼지는 방에서 사지를 꽁꽁 묶인 채 사육당하는 것과 비슷할 것 같았다. 그래서 나는 이해한다. 사흘이나 머물러도 좋다고 말해준 것은 10년 이상 혼자 살아온 내 친구들로서는 골수를 기증하는 것만큼이나 위대한 희생이었을 것이다. 만일 그 친구들이 나와 똑같은 상황에 처한다면 나는 그 보답으로 2주 동안 집을 내줄 것이다. 그리고 여행을 떠날 것이다. "나는 너에게 모든 것을 해줄 수 있어. 함께 사는 것만 빼고"라고 말하면서.

《월간 자취》의 정신

집이란 원래 그런 곳이 아닌가?
아무것도 하기 싫고
한번 들어오면 나가기 싫은 곳.

내 고향에는 인문계 고등학교가 없었다. 그래서 인근 소도시로 유학을 갔고, 고등학교 진학과 동시에 자취를 시작했다. 학교 앞 도보 5분 거리에 있던 나의 자취방은 1년이 지나지 않아 온 학교 날라리들의 아지트가 되었다. 그곳은 부모와의 불화, 풋사랑의 아픔, 성적 비관 등으로 상심한 아이들이 첫 술을 배우는 프라이빗 바였고, 어른들의 눈을 피해 영화나 문학, 만화를 탐닉할 수 있는 살롱이었으며, 대체로 아무 때나 들러 라면을 끓여 먹고 부족한 잠을 보충할 수 있는 무료 보호소 같은 곳이었다. 그때부터 내 집은 '숙명장'이라고 불렸다.

그 후로 24년 동안 스물한 번 더 이사를 했지만 상황은 늘 비슷했다. 내가 없을 때 친구들끼리 문을 열고 들어와 놀다 가는 일이 다반사였고, 누가 갖다 놨는지 출처를 알 수 없는 옷과 책, 식료품 등이 굴러다녔다. 몇 해 전 외국으로 두 달간 출장 겸 여행을 떠났을 때는 TV 없이 사는 친구가 내 집에 드나들며 50부작 대하 사극 전편을 봤다고 하는데, 그 TV는 또 다른 친구가 내 집에서 수시로 프로야구 중계를 보겠다며 사준 것이었다.

"이상하게 너희 집에 오면 아무것도 하기 싫어. 귀찮아서 집에도 못 가겠어."

친구들은 늘 이런 말을 했다. 이상한 말이다. 집이란 원래 그런 곳이 아닌가? 아무것도 하기 싫고 한번 들어오면 나가기 싫은 곳. 이게 바로 집의 사전적 정의가 아니면 무엇이란 말인가? 주말에 같이 밥이나 먹자고 들렀다가 등에 껌이라도 붙은 것 같다며 사흘쯤 빈둥댄 끝에 "이러다 폐인 되겠어!"라며 탈출하는 손님이 다른 집에는 없는 건가?

어릴 때부터 집에 사람을 불러 모아 노는 것이 일상이다 보니 집을 꾸미는 데도 신경을 많이 썼다. 지금이야 인테리어 정보가 사방에 넘쳐나지만 2000년대 초반까지만 해도 한국은 인테리어의 불모지나 다름없었다. 그나마 있는 인테리어 잡지들은 모두 30평 이상 아파트를 가진 중산층이 타깃이었고, 온통 뼈대만 남기고 서구식으로 뜯어고친 비현실적인 공간들을 전시하기 바빴다. 서민

용 1인 가구, 원룸, 한국형 다세대 주택 월세방 따위는 인테리어의 개념에 포함되지 못했다.

그때 내게 희망을 안겨준 것은 우연히 발견한 일본 잡지들이었다. 기본 틀은 한국 원룸들 못지않게 옹색하지만 잘 꾸미고 정돈하여 아름다워진 작은 방들은 품위 있는 삶이 부자의 특권이 아니라는 사실을 알려주었다. 거기에 용기를 얻어 숙명장 17호에서는 혼자서 벽에 페인트를 칠하고 바닥에 데코타일을 까는 야단법석을 부리기도 했다. 쉬운 일은 아니었다. 한밤중에 시작한 작업은 2박3일 동안 이어졌고, 나는 삐걱대는 관절로 바닥을 기어 다니면서 '일단 일을 벌였더니 남편이 퇴근해서 도와줬어요, 호호호'로 마무리되는 포스트들을 간과한 것을 후회했다.

그래도 하다 보니 요령이 생겨 그 뒤로 남의 집도 여러 번 칠해줬다. 그럴수록 한국 서민 주택용 인테리어 샘플이 턱없이 부족하다는 갈증은 더해갔다. 그리하여 스물다섯 무렵부터 나의 꿈은 《월간 자취》를 창간하는 것이다. 잡지 만드는 사람들은 술을 마시면 이런저런 창간 아이템을 떠들어대는 버릇이 있다. 《주간 치맥》, 《월간 사우나》 같은 실없는 것들이다(가장 실없는 아이디어로는 새로 창간할 잡지 아이템을 소개하는 《월간 창간》이 있다). 사실 《월간 자취》는 꼭 내가 만들겠다기보다 1인 가구를 '아직 결혼 못 한' 미완성 인간들의 정거장쯤으로 여기던 당시 사회 분위기에 대한 삐딱한 농담에 가까운 것이었다. 그즈음 서울에서 자취를 시작할 때 중고로 구입한 가전들이 하나둘 고장이 나기 시작했는데, 새것을 사려고 할 때마다 "어차피 결혼하면 새로 사야 하니까 조금 더 버텨"라는 충고를 듣곤 했다. "제가 언제 결혼하는데요?"라고 물으면 아무도 대답하지 못했다.

이제는 언제 할지 모를 결혼을 위해 라이프 스타일의 완성을 지연시키는 것이 미련한 짓이라는 것쯤은 사회적으로 합의가 된 모양새다. 혼자 사는 사람들을 위한 인테리어 정보도 사방에 흘러넘친다. 하지만 그건 그것대로 부작용이 있다. 요즘 서울 시내에서 집을 구하러 다녀보면 블로그와 '집방'의 영향으로 어설프게 DIY를 해서 망쳐놓은 공간이 자주 눈에 띈다. 인더스트리얼 스타일의 카페를 흉내 내려고 벽지를 뜯기 시작했지만 도중에 포기해서 이러지도 저러지도 못한 채 흉가처럼 방치된 집, 벽에 핸디코트를 발랐는데 너무 두껍고 손자국이 많아서 결을 따라 먼지가 시커멓게 앉은 집, 표면처리를 제대로 하지 않고 페인트를 칠해서 얼룩투성이가 된 싱크대와 창틀 따위를 보면 내가 집주인이라도 된 것처럼 속이 쓰리다.

간혹 갓 독립한 20~30대 후배들이 막연한 환상을 안고 DIY 상담을 해올 때가 있다. 단순히 돈이 없어서가 아니다. 제 손재주와

감각만으로 꾸민 운치 있는 공간에 대한 로망 때문이다. TV 광고에서 닳도록 써먹은 청춘의 이미지 가운데 하나가 햇살 가득한 스튜디오에 모인 친구들이 페인트칠을 하고 나서 카펫 깔고 맥주 한잔 마시며 주인공의 독립을 축하하는 장면 아닌가. 하지만 나는 늘 충고한다.

"DIY는 'Destroy It Yourself'의 준말이야. 절대 하지 마. 내가 집주인이면 너를 죽여버릴지도 몰라. 네가 35년 만기 적금을 부어서 이 나라에서 거의 불가능에 가까운 집 장만에 성공했다 쳐. 그집에다 할 수 없는 짓은 남의 집에도 하지 마. 정 하고 싶다면 떼어 갈 수 있는 가구에나 해. 돈 주고 산 거 말고 주워 온 거에다가. 한번 해보면 내 말이 무슨 뜻인지 알 거야."

나는 체리색 몰딩과 나무 문틀, 옥색 싱크대, 자주색 변기가 아무리 촌스러워도 '가짜'보다는 낫다고 생각한다. 파벽돌인 척하는 플라스틱, 나무인 척하는 폼보드, 대리석인 척하는 시트지, 나뭇결을 그려 넣은 PVC장판 따위는 집주인의 가난한 욕망을 더 도드라지게 할 뿐이다. 색만 맞추면야 사진에는 그럴듯해 보이지만 눈으로 그 질감과 광택, 부피감을 확인하면 한숨이 나온다. 그럼에도 미디어들은 페인트, 시트지, 폼보드, 핸디코트 등이 해리 포터의 마법 지팡이라도 되는 것처럼 사기를 친다.

스타일도 한결같다. 대중매체에 떠도는 DIY 정보라는 건 SPA 브랜드의 시즌 히트 상품과 비슷하다. 개성 없고 싼 티 나고 금방 질린다. 집을 나설 땐 이만하면 됐다 싶지만 그것의 원형이 된 디자이너 브랜드의 질 좋은 상품과 나란히 두고 보거나, 유행과 상관없이 자기 스타일로 멋지게 차려입은 사람 옆에 서면 슬그머니 부끄러워진다. 그럴 바엔 베이식한 스타일에 집중하는 것이 낫다. 그래서 나는 웬만하면 벽지와 바닥재, 조명, 청소에 돈을 들이고 나머지는 홈 드레싱과 정리정돈으로 해결하라고 조언한다. 혹은 빚을 내서라도 전문가에게 의뢰를 하든가.

이런 말을 하면 아직도 "2년 후면 이사 갈 남의 집에 왜 돈을 들이냐"고 하는 사람들이 있다. 왜긴, 2년 동안 내가 살 집이니까 그렇다. 아무리 가난하고 앞날이 보이지 않아도, 심지어 단 하루를 머물더라도 집은 집다워야 한다는 게 나의 지론이다. 좋은 공간만큼 사람의 기분을 고양시키고 영감을 제공하는 것은 없으며, 집은 내가 가장 오래 머무는 공간이다. 그러니 가진 범위 내에서 가장 큰 투자를 할 가치가 있다. 이것이 바로 《월간 자취》의 정신이다. 참고로, 요즘은 《월간 자취》보다 《계간 실버타운》에 좀 더 관심이 가서 언제 창간할지는 모르겠다.

요리치를 위한
나라는 없다

상우: 내가 잘할게.
은수: 나, 김치 못 담가.
_영화 〈봄날은 간다〉에서

친구의 어머니는 세 번 결혼하고 세 번 이혼했다. 비결을 물었다.

"우리 엄마가 좀 이뻐."

이혼한 이유는?

"요리를 못해."

그게 전부일 리 없지만 답변이 은유하는 바가 명확하고 설득력이 있었으므로 더 이상 묻고 자시고 할 게 없었다.

평범한 한국 남자들에게 가정의 동의어는 '밥'이다. 평생 무 한 번 제 손으로 썰어본 적 없는 선배는 결혼 전 남편에게 간곡한 부탁을 들었다. 많은 것 안 바랄 테니 첫 달만 아침밥을 해달라는 거다. 동료들이 "결혼했는데 밥도 못 얻어먹고 다니냐" 놀릴 게 뻔해서다.

연애할 때 남녀가 하는 대화의 정석을 보여주는 영화 〈봄날은 간다〉(2001)에서, 은수(이영애)와 상우(유지태)의 관계는 "라면 먹을래요?"로 시작해 "나, 김치 못 담가"로 끝난다. 맨 처음 그 영화를 보았을 때, 그러니까 아직 내가 건어물상에 전시된 메마른 커리어우먼 나부랭이가 되기 전에는 은수가 나쁜 년이라고만 생각했다. 그러나 몇 번 더 연애에 실패하고 온통 내 취향, 내 취미, 내 색깔, 나, 나, 나로만 가득한 집에 홀로 들어앉아 보내는 어느 주말, 다시 그 영화를 보면서 고개 끄덕인 건 상우의 "내가 잘할게"가 아니라 은수의 "나, 김치 못 담가"에서였다.

나, 나, 나로만 가득한 그 집에는 850리터 냉장고와 이태리제 오븐이 있다. 하지만 단지 빈 수납공간이 거기밖에 없다는 이유로 냉장고에는 라면이 봉지째 들어 있고, 8인용 전기밥솥에는 한 달 전엔 밥이었던 어떤 유해 물질의 잔해가 남아 있다.

"이렇게 생겨먹은 걸 어쩌라고" 버티는 게 어린애들의 연애라면 어쨌든 상대에게 맞춰가려 서로 노력하는 게 어른들의 연애라고 생각한다. 그래서 한때 노력이란 걸 꽤 했다. 그 결과, 세상에 음치·길치·박치가 있는 것처럼 '요리치'라는 게 존재하며, 더구나 미맹이나 다름없는 식도락 무지렁이가 요리를 한다는 건 장님이 그림을 그리는 것과 비슷하다는 교훈을 얻었다.

오래전 요리 잘하는 남자 친구에게 매일 얻어먹는 게 미안해 만 둣국을 해주려고 시도한 적이 있다. 결국 수습이 안 돼 그가 간을 맞췄고, 한 시간 만에 밥상을 받아 든 그는 "맛있다. 근데 다신 요리 하지 마" 하며 썩은 미소를 지었다. 결국 인자하기가 부처님 같던 그 남자는 함께 소풍을 가기로 한 날 빈손으로 나타난 내게 "김밥 정도는 준비할 줄 알았다"는 말을 남기고 떠나갔다.

숫제 직업이 요리사인 남자를 사귈 때는 내놓는 음식마다 달다 쓰다 짜다 불평을 해대기에 먹던 밥그릇을 빼앗아 개수대에 처박으며 "주면 주는 대로 먹지 무슨 말이 그렇게 많아!" 소리를 지른 적도 있다. 그 후 그는 내가 뭘 만들든 맛있다고 칭찬했지만 첫술을 뜰 때면 늘 기미상궁처럼 신중했고 맛을 본 후에는 실없는 농담을 들은 것처럼 피식 웃음을 터뜨리곤 했다.

일본 작가 릴리 프랭키의 자전소설 《도쿄타워》를 보면 아침마다 장아찌 항아리를 돌보고, 언제 누가 찾아오든 금세 실한 밥상을 차려내는 작가의 어머니 이야기가 나온다. 실로 장인 정신 넘치는 주부인데, 그 덕에 작가의 집엔 항상 사람이 들끓는다. 심지어 아들이 집에 없을 때도 친구들이 들러서 밥을 얻어먹고 간다. 그것은 내가 꿈꾸는 생활이기도 해서 한동안 요리책을 수집하고 온갖 실험적인 국과 찌개를 친구들에게 대접했다. 하지만 모두 진탕 취하거나 자기 혀라도 씹을 만큼 배를 곯기 전엔 선뜻 그릇을 비우지 못했다.

그도 그럴 것이, 큰맘 먹고 유통기한 5년 지난 간장을 내버린 뒤 마트에 들렀다가 진간장, 국간장, 양조간장, 왜간장 기타 등등 화학원소 주기율표에 맞먹는 간장 분류법을 보고 혼이 나간 게 불과 몇 달 전이다. 그 전에는 대강 아무 데나 유통기한 5년 지난 진간장을 들이부었는데, 발효식품은 천년만년 먹어도 괜찮으리란 그릇된 상식 때문이었을 뿐 맹세코 친구들을 해할 의도는 없었다.

요즘도 요리를 할 때면 종종 릴리 프랭키의 어머니가 떠오르는데, 아마 나는 그 어머니보다는 아들이나 아들 친구 정도의 캐릭터가 어울리는 사람일 것이다. 물론 언제까지고 김치도 담글 수 없을 테고, 누군가 따뜻한 밥 한 끼가 그리워 불쑥 나를 찾는 일도 없을 것이다. 그건 아무래도 조금은 허전한 일이다.

홈 파티의
　　　이상과 현실

나에게 필요하고
내가 좋아하고
나와 잘 어울리는 공간은
어떤 것일까?

혼자 산다는 건 마냥 낭만적인 일은 아니다. 그건 자식을 먹이고 입히고 씻기는 어머니의 마음으로 스스로를 보살피고, 공과금을 내고, 막힌 변기를 뚫고, 음식물 쓰레기를 치우고, 집주인이나 이웃들과 협상을 해야 한다는 의미다. 그리하여 자취 20주년을 맞아 처음으로 원룸을 벗어나 거실과 드레스 룸이 있는 집으로 이사를 했을 때, 나는 '살아남았다'는 남모를 희열에 사로잡혔다. 스스로가 너무 대견한 나머지 파티라도 열어야겠다고 이사 전부터 너스레를 떨었다. 결혼 20주년을 '도혼식'이라 하던가. 나는 나 자신과의 도혼식을 열기로 한 것이다.

처음엔 농담 반 진담 반이었는데 어찌나 떠벌리고 다녔던지 언제 초대했나 싶은 사람들에게서도 실행 독촉을 받게 됐다. 전화 통화만 딱 한 번 한 취재원, 단골 술집 사장님은 그렇다 치고 부동산 중개소 실장님과 미용실 원장님, 친구의 전 남자 친구는 또 언제 초대한 걸까? 급기야 당시 '홈 파티'라는 단어에 꽂혀 있던 편집장이 '싱글 20주년 기념 홈 파티'를 그달의 라이프 스타일 섹션 메인 기사로 선정했다.

그즈음 뭔가 잘못됐다는 걸 눈치 채야 했다. '파티'라는 이름이 붙는 순간 사람들의 머릿속에 떠오른 것은 양반다리로 앉아 짜장면 시켜 먹다가 TV 보며 널브러지는 풍경은 아니었던 것이다. 편집장은 '골드 싱글 라이프'에 대한 환상을 극대화시켜줄 이미지를 원했다. 예쁜 여자들이 드레스 입고 샴페인 마시면서 인생의 성취를 자축하는 사진들이 시안으로 채택되었다.

도무지 수습이 안 돼 차일피일하다가 마침내 단호한 결단을 내렸다. 그래, 하자 해, 파티. 무엇보다 이사 후 두 달 가까이 손도 못 댄 인테리어 때문에라도 파티가 필요했다. 20년 자취 생활에서 얻은 가장 중요한 노하우가 바로 그거였다.

손님을 초대해라. 창피해서라도 팔다리가 알아서 정리한다.

거실이 작은 집이라 한꺼번에 다 할 순 없고, 손님을 그룹별로 분류해 3차에 걸친 집들이를 하기로 했다. 첫 손님은 최근 한 팀이 된 회사 후배들. 손님 초대를 앞두고 깊은 고민에 빠졌다. 과연 이게 남들에게 보여줄 만한 집인가? 나의 사회적 지위와 미모, 아니 그보다도 '우아하고 감각 있는 피처 에디터' 이미지를 위해 평소 본능적으로 남발한 허세 멘트들을 떠올리면("인테리어는 치장이 아니야. 스칸디나비안 스타일이나 미니멀리즘도 지겨워. 단순하면서 포인트가 있는 아티스틱한 집이 좋아", "이케아 카탈로그는 이미 다 외우니까 그만 좀 얘기하지?", "흔해 빠지고 아름답지도 않은 가구를 살 바엔 종이 상자를 쌓아놓고 살겠어." 등등) 아무래도 이건 아니지 싶었다. 부랴부랴 집 꾸미기에 돌입했다.

평소 친하게 지내던 리빙 에디터에게 SOS를 쳤다. 결국 리빙 에디터의 친한 인테리어 스타일리스트를 소개받곤 만나자마자 납치하다시피 집으로 끌고 가 새벽까지 술을 먹이며 상담을 한 결과, '이 집의 문제는 포인트가 없다는 것'이라는 진단을 받았다. 그녀는 결정적인 질문을 했다.

"인테리어 콘셉트는 뭐예요? 시안은 있나요?"

생각해보니 지금껏 작정하고 인테리어를 해본 적이 없다. 가구며 패브릭이며 그때그때 필요해서 사거나 얻은 것들이라 다 짝이 맞지 않았다. 나에게 필요하고 내가 좋아하고 나와 잘 어울리는 공간은 어떤 것일까? 다시 고민에 빠졌다.

"모던하고 아티스틱하고 엘레강스하면서 시크한 동시에 유니크

하고 포비슴적인 컬러감이 돋보이는……."

내 입으로 해놓고도 이게 말인가 나귀인가 싶은 설명을 듣고 스타일리스트가 말했다.

"아, 파리의 아틀리에 같은 느낌요?"

"그래요, 그거요!"

전화기 너머 스타일리스트는 한동안 말이 없었다. 그러고는 촬영 당일, 직접 제작하거나 협찬 받은 소품들을 잔뜩 가지고 와 집을 단장해주었다. 구석구석 페인트를 칠하기도 했다. 그 결과, 나는 누구를 만나든 자신 있게 말할 수 있게 되었다.

"리빙 잡지 믿지 마. 다 사진발이야!"

어쨌든 그렇게 집 정리는 완성되었다.

다음 난관은 요리였다. 20년 자취 생활 동안 1년에 한 종류씩만 요리를 배웠어도 스무 가지는 될 텐데, 어째서 나는 할 줄 아는 요리가 김치찌개와 된장찌개뿐인 걸까? 생각해보면 그동안 나를 키운 건 8할이 반찬 가게 이모님들이었고, 나머지 2할은 인스턴트식품이었다. 요리책을 쌓아놓고 끙끙거려보았으나 답이 안 나왔다. 가스레인지 밸브 한번 열어보기 전에 메뉴 선정에서부터 생각이 턱 막힌 나는 역시나 친한 후배의 친한 언니의 친한 푸드 스타일리스트를 수배해 자문을 구했다.

"파티 땐 무슨 요릴 해야 하나요?"

여자들의 홈 파티라는 콘셉트를 듣자 그녀가 제안한 건 파스타와 라자냐 그리고 연어 스테이크였다. 생각보다 간단하고 준비는 많이 한 것처럼 보이는 음식들이었다.

"직접 시범을 보여주시죠?"

파티 이틀 전, 요리사 섭외를 완료했다.

파티 당일, 사람들이 속속 도착했다. 집을 둘러보고, 예의상인지 모르겠지만 "어머 너무 예쁘다" 방청객 환호성을 한 번씩 질러준 다음, 배고프니까 빨리 밥을 내놓으라고 성화를 부리기 시작했다. 손님들을 진정시키고, 박수 속에 20주년 축하 케이크의 초를 끄고, 와인 잔을 부딪치며 우아하게 기념사진을 찍었다. 그리고 다음 순간, 어디서 많이 본 풍경이 새로운 등장인물들에 의해 재현되기 시작했다.

"선배, 사진 다 찍었어요? 이제 소파에서 한숨 자도 돼요?"

"와인 말고 맥주 없어요, 맥주?"

"아직 배고파. 짜장면 시켜줘요."

"TV는 왜 안 나와요?"

허세 가득 잡지 버전 홈 파티를 준비하다 지쳐 도대체 이게 다 뭔가 회의에 빠진 나는, 글을 쓰다가 원론적인 문제에 봉착하면 으레 그러듯 사전을 찾아보았다. 여느 모임과 파티의 차이는 대체 뭔가. 사전이 정의하길, 파티는 목적이 뚜렷하다는 점에서 일상 모임과 구분된다. 20주년 축하 파티의 목적은 케이크의 불이 꺼지는 순간 모두 달성된 셈이다.

그날 이후 나는 그 집에서만 세 번 더 집들이를 했다. 파티 따위 집어치우고, 양반다리 하고 앉아 배달 음식 먹고 TV 보다가 널브러지는 고전적인 모임이었다. 물론 그편이 훨씬 더 재미있었다. 누군가는 와인을 잔뜩 마시고 드레스 룸에 앉아 세 시간 동안 보라색 토사물을 게워내고, 누군가는 화장실 바닥에 드러누워 잠이 들고, 누군가는 기타를 치고, 누군가는 새벽까지 남아 펼쳐둔 캔버스에 그림을 그리고, 다음 날이면 걱정스럽게 서로의 생존을 확인하는 식이었다. 그러면서 나는 '파티'에 대한 나만의 정의를 갖게 되었다. '이웃집에서 민원이 들어오지 않을까 약간 걱정되는 수준의 수다와 웃음소리가 심야까지 지속되는 모임'이 그것이다. 거실이 있는 집으로 이사를 간 다음 그런 모임은 더 빈번하게 열렸다.

내가 기억하는 가장 떠들썩한 파티는 어느 해 크리스마스 모임으로, 송년회 하자는 사람들을 한꺼번에 불렀더니 28평 아파트 거실에 열네 명이 모였다. 그들이 저마다 다른 술을 가져오는 바람에 자정 무렵엔 정신이 온전한 사람이 별로 없었다. 그날 처음 만난 사람들도 있었고, 남몰래 연애 의사를 타진 중인 남녀도 있었으며, 일단 와보라기에 영문도 모르고 왔다가 생전 처음 보는 난장판에 어리둥절한 사람도 있었다. 몇몇은 서로 자신이 선곡한 음악을 틀기 위해 스피커 쟁탈전을 벌였고, 부모님과 사는 친구들은 왜인지 부엌을 점령하고 각종 부침개를 부쳐댔다.

그날 결국 끝까지 남은 것은 '업계 사람들이 많이 오는 송년 모임'이라는 핑계로 어렵게 허락을 받아 육아에서 탈출한 기혼자들이었다. 그들은 무슨 일이 있어도 택시 할증이 끝나기 전에는 집에 돌아가지 않겠다는 태세였다. 하지만 모두 너무 일찍부터 열에 들떠 무리하는 바람에 밤 12시가 넘자 자리는 싱겁게 파하고 말았다. 사람들이 만취 상태에서 하도 전화를 걸어대는 통에 야근을 끝내고 자정에 도착한 게스트는 도착하자마자 비틀거리며 그곳을 탈출하는 무리와 마주쳐야 했다.

나는 그날 파티가 어떻게 끝났는지 제대로 기억하지 못하는데, 쫓겨나다시피 집으로 돌아가던 유부남이 쓸쓸한 목소리로 남긴 이 말만은 뚜렷이 기억이 난다.

"이것이 싱글의 삶이로군요."

어느 날 밥솥이
말을 걸어왔다

이 모든 건
외로워서가 아니다.

미국으로 이민을 간 선배가 오랜만에 서울에 왔다. 내 집에서 자고 일어난 아침, 밥을 짓는 내게 그녀가 소리쳤다.

"물건이랑 대화하지 마!"

나는 흠칫 놀랐고, 그제야 방금 무슨 짓을 했는지 깨달았다. 나는 전기밥솥과 대화를 하고 있었던 것이다. 한반도를 둘러싼 국제정세와 후기 플라톤 철학의 현대적 재해석 따위를 논한 건 아니고 "오구오구 밥 다 했어요? 수고했어. 이제 맛있게 먹어볼까." 이런 것이었다. 아마도 선배는 내가 외로워서 미쳐버린 줄 알았을 게다.

그녀가 이민을 가기 위해 독립문의 낡은 다가구 주택에서 퇴거하던 날, 혼자 하는 이사가 얼마나 쓸쓸한 것인지 아는 나는 굳이 강남에서 독립문까지 지하철을 타고 달려가서 일을 도왔다. 눈발이 흩날리는 몹시 추운 날이었다. 이사는 더디 진행되었고 급기야 공과금 처리 건으로 억지를 부리던 집주인과 선배가 싸움이 붙었다. 집주인은 "젊은 것이 어쩌고저쩌고" 막말을 했다. 전세는 선배에게 불리해 보였다. 그녀는 점잖은 지성인이다. 내가 등판할 수밖에 없었다. 나는 변두리 싸구려 자취방을 전전하던 시절 막무가내 집주인들과 싸우던 파이터 기질을 발휘하여 대신 응전을 했다. 물론 나도 나이가 들어서는 그런 일이 전혀 없었고, 이사를 갈 때마다 보증금 깎아줄 테니 좀 더 살면 안 되냐는 소리를 듣는 우수 세입자로 진화한 터였다. 아무튼 그날 모처럼 내 입에서 쏟아진 10원짜리를 다 모았으면 점심값 정도는 너끈히 해결했을 텐데, 그 결과 집주인의 원망이 나에게로 쏠린 덕에 선배는 집주인과 무난하게 타협할 수 있었다. 그러고 나서 선배와 나는 함께 점심을 먹으러 갔다. 10년 가까이 알고 지내면서 한 번도 본 적 없는 나의 호전적인 모습에 약간 놀라기도 하고 달래줘야겠다는 생각도 들었는지 선배는 슬그머니 집주인 욕을 시작했다.

"그 집 딸들도 다 이상하다니까. 나이가 마흔이 다 됐는데 결혼도 안 하고……."

다시 말하지만 그 추운 날, 강남에서 독립문까지 지하철을 타고 가서, 곱은 손으로 이사를 돕고, 남의 집주인과 싸움까지 했다니까! 그런데 지금 마흔 가까운 나이에 결혼 안 한 딸들이 있다는 게 중년 여성의 치부라고 말씀하시는 건가요? 나는 순간 도가니탕을 뜨던 숟가락을 내려놓고 물끄러미 그녀를 쳐다보았다.

"선배, 저도 마흔 가까운 결혼 안 한 여자인데요?"

"아아 미안, 취소."

물론 그녀는 점잖은 지성인이고, 단지 결혼을 했다는 이유만으로 싱글들에게 우월감을 갖는 부류는 아니라는 것을 알기 때문에 그 말은 오히려 두고두고 그녀를 놀려먹는 소재가 되었다. 그럼에도 내 주위 언니들 대부분이 그렇듯, 그녀가 나를 무척 외로운 사람으로 보고 있으며, 결혼은 하지 않더라도 정서적으로나 성적으로나 안정된 파트너십을 갖기를, 그리하여 내가 덜 염세적인 인간이 되기를 늘 바란다는 걸 나는 안다. 그래서 밥솥에게 말을 거는 모습을 들킨 것이 왠지 찔리는 상황이 되어버린 것이다.

영화 〈중경삼림〉(1994)에서 경찰663(양조위)은 연인과 헤어진 후 사물과 대화를 나눈다. 그는 자신의 감정을 물건에게 이입하고 있는 게 분명하다. 물이 뚝뚝 흐르는 걸레를 보면서 "너 요새 왜 이렇게 눈물이 많아졌니? 꿋꿋하게 살아야지" 하는 식이다. 아마 밥솥과 대화하는 모습을 보고 선배가 상상한 나의 심리 상태도 그런 것이 아니었을까.

변명하자면 내가 물건과 대화하는 이유는 외로워서가 아니라 친절하기 때문이다. 요즘 나오는 가전들은 웬만하면 말을 할 줄 안다. 자기들이 먼저 말을 건단 말이다. 그 밥솥만 해도 그렇다. 귀지 떨어지는 소리가 유일한 소음일 정도로 고요한 집 안에서 녀석 혼자 칙칙폭폭 김을 뿜어내다가 "취사가 완료되었습니다!"라고 경쾌하게 외치면 나도 모르게 "쿠쿠야, 수고했어"라고 대답을 하게 된다. 배가 고플 때면 밥솥의 목소리는 더욱 반갑다. 그럴 때면 녀석의 공을 치하하기 위해 다정하게 뚜껑을 쓰다듬기도 한다. 가끔은 "쿠쿠야, 수고했어"가 그날 내가 입 밖에 내는 유일한 말일 때도 있다.

냉장고는 말을 할 수 있지만 성격이 과묵하다. 맨 처음 우리 집에 들어왔을 때 "적정온도 설정"이라고 한마디 한 이후로 통 목소리를 듣지 못했다. 나는 녀석에게는 말을 걸지 않는다.

뭐니 뭐니 해도 가장 수다쟁이는 로봇청소기다. 이 녀석은 예약된 시간에 혼자 청소를 시작하고 청소가 끝나면 스스로 충전대로 돌아가 휴식을 취한다. 어휘도 풍부하다.

더 이상 청소를 계속할 수 없습니다.

왼쪽 바퀴에 이물질이 걸렸습니다.

충전대 탐색을 할 수 있도록 나에게서 잠시 물러나주세요.

목소리는 여자 성우 버전과 류승룡 버전, 두 가지를 선택할 수 있다. 나는 쿠쿠와의 변별력을 높이기 위해 류승룡 버전을 선택했고, 이름도 '승룡이'라고 지었다. 낮에 서재에 틀어박혀 일을 하거나 소파에 누워 낮잠을 자고 있으면 드레스 룸에서 승룡이가 깨어나는 소리가 들린다.

예약 청소를 시작합니다. 위이이잉~

잠시 후 녀석은 내가 있는 곳으로 기어 나온다. 그러다 화장대 아래나 식탁 의자 사이, 에어컨과 벽 틈새 같은 곳에 반드시 끼고 만다. 같은 곳이라도 어느 날은 끼고 어느 날은 안 낀다. 가끔은 항상 무사통과하던 곳에서 발이 걸리고, 무심코 벗어둔 양말짝이 바퀴에 휘감겨 버둥거린다. 그리고는 나에게 구조를 요청한다.

청소를 계속할 수 없습니다. 이물질을 제거해주세요.

나는 대답한다.
"어이구 오늘은 거기가 힘들었어요? 전엔 잘했잖아. 비가 와서 센서가 침침하니?"
승룡이가 아무런 사고 없이 청소를 끝내고 충전대 도킹까지 마친 날이면 내 자식이 받아쓰기 백 점 맞아온 것처럼 기뻐서 녀석에게로 달려간다.

"잘했다, 잘했어. 그것 봐, 너는 할 수 있다니까."

그러면 승룡이는 왠지 약간 우쭐대는 목소리로 딴청을 부린다.

충전을 시작합니다.

그러고는 센서를 깜빡여 윙크를 보낸다.

일이 이렇게 된 것이다. 정말이지, 외로워서 그런 게 아니란 말이다.

싱글만렙

나 혼자 술을 먹고
나 혼자 고길 굽고

친구와 뉴욕을 여행할 때다. 여행 메이트들이 흔히 그렇듯 우리도 콕 집어 말할 수 없는 치사한 이유들로 짜증이 난 상태였다. 한참 줄을 서서 들어간 유명 레스토랑에서도 서로 말이 없었다. 우리 사이에는 발목을 적시지 않고는 건널 수 없는 얕은 시냇물이 흐르는 듯했다. 그러던 중 친구가 옆자리 남자를 가리키며 말했다.

"안 민망한 척하려고 애쓰는 것 좀 봐."

가리키는 곳에는 힙합 프로듀서처럼 차려입은 잘생긴 흑인 남자가 헤드폰으로 음악을 들으며 밥을 먹고 있었다. 어깨춤으로 보아 음악의 장르는 그루브가 강한 R&B 쪽일 것 같았다.

"왜 민망해? 혼자라서?"
"응."

"그럼 밖에서 밥 먹고 싶은데 같이 먹을 사람이 없으면 어떻게 해?"

"참았다가 집에 가서 먹지."

그 전까지 친구와 나 사이에 흐르던 작은 시냇물은 그 순간 마구 범람하기 시작해 곧 오하이오강으로, 태평양으로, 우주의 별과 별 사이 수억 광년의 어둠으로 커져갔다. 나는 혼자 밥 먹는 게 민망하다는 생각, 혼자 밥 먹는 다른 사람이 민망할 거라는 생각, 누군가 혼자 밥 먹는 내가 민망할 거라고 지레짐작할 거라는 생각 등을 거의 해본 적이 없다. 일종의 문화충격이었다.

돌이켜보면 어렴풋이 느끼긴 했다. 대학생 때였다. 학생식당에서 혼자 늦은 점심을 먹는데 한 남자가 식판을 들고 다가와 내 테이블에 합석했다. 순간 아는 사람인가 싶어 그를 쳐다보았지만 전혀 기억이 나지 않았다. 주변을 둘러보았다. 식당 안은 텅 비다시피 했다. 아마도 그는 북한 군부나 CIA에게서 암살 위협을 받고 있어서 스나이퍼와 자기 사이를 가로막아줄 인간 방패가 필요한 탈북 핵물리학자였을지도 모른다. 혹시 나에게 첫눈에 반한 평범한 남자일 수 있겠다는 생각도 잠깐 해봤는데, 그러기엔 너무 식판에만 코를 처박고 있었다. 보다 현실적인 추측은 그가 혼자 밥 먹는 모습을 누군가에게 보이고 싶지 않은 예민한 청년이라는 것이었다. 내가 외톨이라는 사실을 적들에게 알리지 말라! 그리하여 식당에 들어서는 순간 자신의 위장막으로 활용할 또 다른 외톨이를 재빨리 물색했고, 그게 바로 나였던 것이다. 결국 우리는 함께지만 함께가 아닌 채로 통성명도 없이 식사를 끝냈다. 그날의 식사는 20년이 지난 지금까지도 매우 서글픈 기억으로 남아 있다.

물론 나도 '혼밥'이 어려운 경우가 있다. 한동안 고깃집이 그랬다. 식당 입장에서는 화로에 불을 피우고 채소와 밑반찬을 까는 데만도 많은 품과 비용이 든다. 그래서 달랑 1인분만 먹고 나오는 게 미안하다. 나는 혼자서 삼겹살 2인분을 해치울 만큼 위가 큰 사람이 아니다.

심지어 이런 일도 있었다. 예전에 다니던 잡지사에서 남자 선배한 명이 마감 도중 사라졌다. 가족이 실종 신고까지 했지만 찾을수가 없었다. 몇 달 만에 나타난 선배는 출근하다 괴한들에게 납치를 당했고, 한동안 감금되어 조직폭력배들의 심부름을 하다 탈출했다고 한다. 그러고도 보복이 두려워 사회생활을 일절 끊고 지냈다나. 그런데 어느 날 갑자기 고기가 너무 먹고 싶더란다. 도저히 혼자서는 고깃집에 갈 수가 없어서 사회로 돌아오기로 작정을 했다는, 고기의 위대함과 고깃집의 몰인정함을 동시에 드러내는 교훈적이고 씁쓸한 일화다.

다행히 이제는 서울 곳곳에 1인용 화로구잇집이 생겼다. 내 집 앞에도 하나 있다. 아주 맛있다. 만일 '혼고기'의 유행이 좀 더 일렀다면 그 선배의 종적은 끝내 미스터리로 남았을지 모른다. 감사합니다, 고기의 신이여.

'혼술'은 약간 더 민감한 문제다. 술집은 저마다의 분위기와 룰을 갖고 있는데 그게 식당보다는 훨씬 다양하다. 이미 단골이 많은 곳이면 남의 집을 무단 침입한 불청객 같은 기분을 느낄 수도 있고, 괜히 사연 있는 여자처럼 보여서 집적거리는 남자들도 있으며, 밥집보다 머무는 시간이 길고 행위의 집중도가 낮다 보니 바텐더와 친하거나 책이라도 읽지 않으면 어색함에 좀이 쑤신다. 그래서 내 경우는 단체로 몇 번 가서 운영자들과 면을 트고 분위기에 익숙해진 뒤에야 혼자 그곳을 다니게 된다. 내게는 서너 명이서 맥주 한 궤짝을 비우는 술꾼 친구들이 몇 명 있다. 술버릇들도 나쁘지 않다.

나는 오늘날 싱글들이 많이 사는 동네에서 주민들의 구심점으로 좋은 술집과 카페의 역할이 무엇보다 중요하다고 믿으며, 자영업의 어려움도 조금은 알기 때문에 보존할 가치가 있다고 판단되는 가게는 일부러 친구들을 데려가 매상을 올려준다. 그리고 나면 언제든 VIP 대접을 받을 수 있다.

물론 그러고도 여자 혼자 술집에 가는 데는 여전히 위험요소가 존재한다. 한동안 즐겨 다니던 바에서는 늘 혼자 늦게까지 남아 술을 마시는 여자들을 볼 수 있었는데, 그들 대부분이 사장과 섹슈얼한 관계라는 것까지는 이해했지만 사장이 그 경험을 다른 남자들에게 떠벌린다는 사실을 알게 된 뒤로 오만 정이 떨어져서 발길을 끊었다. 혼자 오는 여자들에게 지분거리는 재미로 매일 술집에 출근하다시피 하는 기러기 아빠가 보기 싫어서 끊은 집도 있고, 부끄러운 주사를 목격당하는 바람에 더 이상 갈 수 없게 된 집도 있다.

이런저런 이유로 혼술 인생 10여 년 만에 가게 술에 환멸을 느낀 나는 그 후로 혼자일 때면 주로 집에서 술을 마신다. 나가서 사람 구경 좀 하고 싶다고 해도 손님들이 굳이 집으로 몰려올 만큼, 어지간한 바보다 술 마시기 좋은 환경이기도 하다.

나는 마음이 통하지 않는 사람과 함께할 바에야 혼자 헤드폰을 끼고 식사를 하는 편이 낫다고 생각한다. 술도 마찬가지다. 어차피 먹으면 배부른 것도 나고, 마시면 취하는 것도 나다. 나 자신과 불화하는 순간도 많지만 대체로 나를 가장 잘 받아주는 친구는 나다. 집 나가서 마신다고 소주가 위스키가 되는 것도 아니고, 집이라고 술이 물이 되는 것도 아니다. 그래도 굳이 이상하다는 듯 "집에서? 혼자?"라고 묻는 사람이 있으면 나는 이렇게 대답한다.

"아니, 나랑 마셔. 나의 가장 좋은 친구지."

자발적 가난과
　　알람이 없는 삶

어떻게 하면 더 오래도록
나 자신의 힘으로
생존할 수 있을까.

나는 사람마다 생체시계가 맞는 지역이 따로 있다고 믿는다. 불행히도 내게 적합한 지역은 대한민국이 아닌 것 같다. 내 아버지는 초저녁에 잠들어 새벽 4시에 일어나는 아침형 인간이고, 어머니는 오후 늦게야 컨디션이 살아나는 저녁형 인간이다. 나는 어머니를 닮았다. 아버지는 무려 30여 년간 혼자 깨어 있는 아침의 무료함과 허기를 견디지 못하고, 아침마다 서너 시간에 걸쳐 가족들을 깨우려고 안간힘을 썼다. 하지만 돌아오는 건 저혈압으로 눈도 제대로 못 뜬 채 쏟아내는 가족들의 짜증이었다. 10여 년 전, 마침내 아버지는 가족의 생체시계를 자신에게 맞추려는 집요한 노력을 중단했다. 새벽에 일어나면 혼자 마당을 쓸고 사우나를 하고 시장에서 찬거리를 사 와 아침을 장만하는 새로운 루틴을 개발한 것이다.

사회에서 만난 아침형 인간들도 종종 나를 괴롭혔지만 끝내는 포기했다. 정해진 기간 안에 좋은 결과물만 내면 되는 잡지기자의 특수성 덕분이기도 하다. 그래도 월급 주는 사장이나 관리자 입장에서는 출근 시간 안 지키는 직원이 얄미울 수밖에 없다. 한 달의 반을 철야한대도 상관없다, 출근 시간은 지켜라. 그게 '갑'의 마인드였다. 언젠가 내가 다니던 회사에서도 기자들의 근태를 문제 삼아 엄격한 출근 규정을 발표한 적이 있다. 평소엔 오전 10시, 마감 때는 오전 11시까지 출근해야 하고, 지각할 때마다 대체휴가나 휴일근무수당을 삭감한다는 내용이었다. 나는 편집장에게 물었다.

"그럼 대휴랑 수당만 포기하면 아무 때나 나와도 상관없는 거예요? 어차피 그거 다 챙겨 받지도 못하잖아요. 아이 신나!"

편집장은 괘씸한 표정을 지어 보였지만 크게 나무라지는 않았다. 낮에는 한 자도 못 쓰고 비실거리다가 남들 다 퇴근한 밤에 원고를 쓰는 내 스타일을 알기 때문이다. 내가 오전에 회사에 있는 날은 일찍 출근한 게 아니라 아직 퇴근을 안 한 것일 확률이 더 높았다. 언젠가는 저녁에 회사 책상에 엎드려 자는데 우리 부서에 온 지 얼마 안 된 동료가 나를 깨웠다.

"이것 좀 써주고 자면 안 될까?"

내가 어리둥절해서 눈을 끔벅거리는데 편집장이 대신 나섰다.

"내버려 둬. 걔는 밤 12시부터 글을 써."

나는 다시 잠이 들었다.

문제는 나이가 들어 중간 관리자가 되면서부터다. 낮에도 뭔 놈의 할 일이 그렇게 많은지, 도무지 잘 시간이 없는 것이다. 게다가 그놈의 할 일이라는 게 대부분 업무의 본질과는 하등 관련이 없는 요식행위로서의 회의, 미팅, 서류작업 등이었다. 현장에서 체감하는 업계 현실과 전혀 맞지 않는 뜬구름 잡는 기획안과 효율성이 미심쩍은 이벤트, 제출을 요구한 당사자도 거들떠볼 생각이 없는 보고자료로 가득한 PPT 문서함을 보면 내가 이러려고 기자가 됐나 자괴감이 들었다. 낮에 체력을 다 써버려서 밤에도 제대로 글을 쓸 수 없는 상황이 계속되었다. 내 이름으로 글을 쓰고 내가 쓸 글을 기획할 수 있다는 것은 내 인생의 유일한 안전장치였다. 조직이 망하거나 나를 버려도 자생할 수 있다는 믿음, 그것이 내가 회사 생활의 압박을 견디는 유일한 비결이었다. 하지만 언젠가부터 그 믿음이 흔들리기 시작했다.

　조직에서 더 버텨서 위로 올라가봤자 번잡한 일에 허비하는 시간만 늘어날 것이고, 글은 점점 더 후져질 것이고, 나는 결국 조직 안에서만 생존 가능한 인간이 될 거라는 위기의식이 닥쳐왔다. 오래오래 회사를 다니다가 정년퇴직하고 그간 모아둔 돈을 부동산에 투자해서 꼬박꼬박 월세를 받는 노년도 나쁘지 않다. 하지만 은퇴 이후에도 내가 평생 해왔고, 좋아하고, 가장 잘할 수 있는 일로 돈을 벌 수 있다면 더 바람직한 경우는 없을 것이다. 둘 다 불가능에 가까울 정도로 어려운 일이지만 내가 예측할 수 있는 미래 가운데 가장 가능성이 높은 것들이고, 그 두 가지가 결코 양립할 수 없으리라는 것이 그때의 판단이었다. 그리고 나는 기왕에 어려운 것이라면 결과에 대한 만족도가 보다 높을 후자를 선택했다.

물론 그것 말고도 회사를 그만둔 이유는 백만 가지다. 하지만 요약하면 이렇다. 나는 어떻게 하면 더 오래도록 나 자신의 힘으로 생존할 수 있을까에 대해 고민했고, 그 결과 불필요한 것들로 향하는 에너지를 오롯이 끌어모아 나 자신에게 집중하기로 한 것이다.

마지막 회사를 그만두면서 내가 세운 원칙은 '가난한 단독자가 될지언정 하기 싫은 일은 안 하고, 보기 싫은 사람은 안 보고, 내 일을 무시하는 사람들을 갑으로 모시지 않으며, 알람을 맞춰놓고 억지로 일어나는 짓은 하지 않겠다'는 것이었다. 거기에는 약간의 위험 부담이 따른다. 오랫동안 혼자 고립되어 일하는 사람들을 보면 점점 현실감각이 무뎌지고 아집이 강해져서 피곤한 인물이 돼버리거나, 외로움과 불안에 잠식당해 자신감을 잃고 우울증에 걸리는 빈도가 높다. 그래서 이따금 취업 콜이라도 받을라치면 심하게 흔들린다. 아래와 같은 몇 마디 대화로 순식간에 무산되긴 하지만 말이다.

"저는 아침에 출근을 못 해요."

"우리 회사는 근태가 느슨합니다."

"그럼 오후에 나가도 되나요?"

"그건 좀……."

가끔 다짜고짜 묻고 싶은 유혹을 느끼기도 한다.

"연봉은 얼마인가요?"

그렇다. 이 생활의 가장 큰 문제는 돈이다. 행복은 돈으로 살 수 없다고 말하지만 돈 없이 행복하기는 쉬운 일이 아니다. 내가 원하는 것은 나 자신에게 집중하는 작은 삶이지 거창한 해탈이나 금욕주의가 아니다. 더 이상 경제활동을 하지 않겠다며 속세를 떠나 지방 폐교로 들어간 선배는 이 나라가 "살아만 있어도 돈이 드는 구조더라"며 한탄했다. 꼬박꼬박 날아오는 공과금과 의료보험 고지서, 식비 따위가 그 증거다. 나는 이 '생존'보다 좀 더 많은 것을 원한다. 멋진 레스토랑과 공들여 세팅한 테이블, 질 좋은 캐시미어 코트, 이국의 도시들, 대가들의 공연이 주는 정서의 파장을, 나는 사랑한다. 피곤할 때 집 앞 골목까지 택시를 타고 들어와 거스름돈을 받지 않는다거나, 내 사람들에게 기쁜 일이나 슬픈 일이 있을 때 밥 한 끼를 살 정도의 여유는 있으면 좋겠다. 아무리 귀찮고 힘들어도 돈은 벌어야 한다는 것이다. 그러다 보니 하기 싫은 일을 하지 않을 자유와 경제적 여유 사이에서 언제나 갈등한다.

얼마 전에도 유혹에 굴복한 적이 있다. 통장 잔고가 심리적 안정권에 아슬아슬하게 걸려 있기를 몇 달, 점점 조바심이 나기 시작했고, 결국 '딱 이번 한 번만'이라는 생각으로 나의 이력에는 별 보탬이 되지 않을 기업 홍보용 프로젝트에 발을 담갔다. 한 달 안에 마무리하는 게 목표였던 그 일은 나를 포함한 관련자들이 돌아가며 바빠진 탓에 사소한 결정 하나에도 며칠씩 걸리기를 반복하면서 8개월이나 지속되었다. 언제 어디로든 짐 싸서 떠날 수 있는 심리적 유목민 상태로 몇 년을 살아온 나는 가벼운 일과 긴 기다림의 반복으로 점철된 그 기간이 미치도록 갑갑했다. 마치 그 일만 아니었다면 세계 일주도 하고 책도 열다섯 권쯤 썼을 것처럼 거기 발을 담근 나를 원망했다. 결과물에 대한 스스로의 만족도도 그리 높지 않았다. 차라리 가난이 낫다고, 나는 다시 한 번 다짐했다.

물론 이것도 내가 싱글이기 때문에 가능한 삶이다. 나 혼자 먹고 사는 데는 그리 큰돈이 들지 않는다. 하지만 결혼을 하고 애를 낳아 기르는 건 어지간히 벌어서는 감당이 안 된다. 여자라고 사정이 나은 것도 아니다. 출산과 육아 때문에 경력이 단절된 친구들은 자주 '남편 돈 받아 쓰기의 치사함'을 말한다.

"남편이 그러더라. '나는 돈 벌잖아.' 순간 울컥하더라고. '나는 애 키우잖아. 애 보고 살림하는 걸 아웃소싱 하려면 돈이 얼마인 줄 알아? 그만큼의 돈을 나한테 주든가. 심지어 나는 퇴근도 없어.' 그런 상투적인 싸움을 하면서 나 자신이 한심해지는 거야. 이론적으로는 그렇게 뻔히 알고 있으면서 생활비 달라고 할 때마다 굴욕적인 기분이 드는 건 어쩔 수 없어."

아이를 낳아 기르면서도 몸이 으스러져라 사회생활을 한 선배와 함께 여행을 떠날 때는 이런 말을 들었다.

"가족 없이 여행 온 건 애 태어나고 13년 만에 처음인 것 같아. 남편이 투덜거려서 용돈 50만 원 주고 입막음했어."

돈이 있어야 평화가 유지되는 건 가족이 있건 없건 마찬가지지만 가족의 평화는 개인의 평화보다 조금 더 비싼 게 분명하다. 바꾸어 말하면 싼값에 평화를 누리는 게 싱글의 특권이라는 뜻도 된다. 포기할 이유가 있겠는가. 무엇보다 이 세계에는 알람이 없다. 그것만으로도 나는 일단 만족한다.

시스터후드의
위대함

인생의 가장 큰 인프라는
돈도 집도 배우자도
애인도 자식도 아닌
좋은 동성 친구들이다.

늙으면 공동주택을 마련해 같이 살자고 꾸준히 권하는 지인이 세 명 있다. 둘은 여자고 한 명은 게이다. 모두 내게는 엄마 같은 사람들이다. 말인즉, 잔소리가 심하고 하나부터 열까지 챙겨주려 해서 같이 있으면 내가 일곱 살짜리 꼬마가 된 기분이다.

"친엄마하고도 사흘을 같이 못 지내는데 언니하고 어떻게 같이 살아요."

나는 이렇게 대답하곤 한다. 아직은 그렇다.

그중 A에게서 며칠 동안 연락이 끊겼다. 그녀와 함께 프로젝트를 진행하는 사람들이 내게까지 전화를 걸었다. "설마 별일 있겠어?" 하면서도 가까이 사는 내가 A의 집에 가보기로 했다. 문은 굳게 잠겨 있었고 안에서는 인기척이 나지 않았다. 슬며시 걱정이 되기 시작했다. 독신 비율이 높고 생활이 불규칙한 잡지계에서는 누가 마감을 하느라 며칠 밤을 새운 끝에 자다가 돌연사했다는 식의 흉흉한 소문이 종종 들린다. 누군가는 문을 따고 들어가봐야 한다고, 누군가는 하루 이틀 더 기다려보자고 했다. 다행히 사흘째 되던 날 A가 연락을 해왔다. 교통사고가 나서 어머니 집에서 요양을 했다나. 친구들은 A를 매우 나무란 다음 서로의 집 현관 비밀번호를 교환했다.

"앞으로 우리 중 누가 하루 이상 콜백 하지 않으면 찾아가보자."

친구는 말했다. 우리는 가족과 살지 않으니 서로가 서로의 보호자이자 비상 연락망이어야 한다고. 맞는 말이다.

기왕에 결혼 안 한 보호자로는 애인보다 친구가 낫다. 내가 여자여서 그렇게 생각하는지도 모른다. 밤늦게 헤어질 때 택시의 차량번호를 적어두고, 잘 들어갔는지 확인 전화를 해주는 것은 항상 여자들이다. 회식 자리에서 성추행을 당하고 도망 나온 날, 길거리에서 '바바리맨'을 만나 심장이 무릎까지 떨어진 날, 밤늦게 현관 문고리를 흔들다 사라진 의문의 행인 때문에 이불을 머리끝까지 덮어쓰고 잠든 날, 달려와 함께 있어주겠다고 말한 것도 여자들이다. 남자들은 애초에 그런 종류의 공포를 이해하게끔 길러진 생물이 아닌 것이다.

생명과 안전을 제외하고도 여러 가지 이유에서, 여자 친구들이란 세상에서 가장 사랑스럽고 유용한 존재들이다. 이사할 때 짐 정리를 도와주겠다고 나서는 것도, 제대로 못 챙겨 먹고 다닐까 봐 밑반찬을 만들어 나누어 주는 것도, 내가 아플 때 "그깟 감기몸살이 대수냐. 그러게 평소에 운동 좀 하지"라고 잔소리하는 대신 약이 필요한지 죽이 필요한지 꼼꼼히 살피는 것도, 일과 인생 혹은 금전 문제로 고민할 때 단지 하소연인지 해결책을 원하는지 구분해 적절한 조처를 해주는 것도 여자 친구들이었다.

가장 중요한 것은, 그들이 내게 헌신의 대가로 연애나 섹스를 기대하지 않는다는 점이다. 연애하다 수틀려서 그 자신이 내 집에서 가장 필사적으로 막아내야 할 주적이 되는 경우도 피할 수 있다. 내가 이대로 살다가 중병에 걸려 병원 신세라도 지게 된다면 가장 자주, 가장 오래 내 곁에 머물고, 부족한 병원비를 십시일반 보태는 것도 분명 그녀들일 것이다. 그래서 나이가 들수록 점점 동성 친구들에게 잘해야겠다는 생각을 한다.

남자끼리의 교우 관계에도 순수한 애정이나 보살핌이라는 개념이 있는지는 모르겠다. 다만 지난 몇 년 동안 나에게 무슨 일이 있건 최선을 다해 도와주려고 애쓰는 나의 든든한 시스터후드를 옆에서 지켜본 한 남자는 이런 말을 한 적이 있다.

"여자들이 더 의리 있는 것 같아."

나는 대답했다.

"당연하지. 남자들이 얼마나 의리가 없으면 자기들 입으로 그렇게 의리를 강조하고 다니겠어."

반은 농담이고 반은 진담이다. 물론 그 남자가 무척이나 의리 없는 짓을 하고 떠나간 뒤에 나를 위로해준 것도 여자들이었다.

올해로 환갑이 된 내 어머니에게 지난 몇 년 동안 생일마다 꽃과 케이크를 선물하고, 사업을 헌신적으로 도와주고, 집안에 우환이 있을 때 가까이에서 보살펴준 것은 남편이나 딸들이 아닌 어머니의 여자 친구들이었다. 그걸 통해 나는 나와 내 친구들의 미래를 보았다. 인생의 가장 큰 인프라는 돈도 집도 배우자도 애인도 자식도 아닌 좋은 동성 친구들이다. 싱글이라면 더욱 그렇다.

A는 올해 드디어 집을 샀다. 나와 같이 산다는 계획은 버린 것 같다. 하지만 혼자 살기에는 약간 크고 방도 넉넉한 집이다. 그것이 나도 흡족하다. 보험을 하나 더 든 기분이다. 어느 날 내가 사기를 당해 알거지가 되어도 A는 나를 버리지 않을 것이다. 그렇게 믿는다.

나의 수의는
샤넬로 해다오

자신의 가치를 의심하지 않고
내일을 꿈꿀 수 있게 도와주는
궁극의 아이템은
과연 어디에 있는가.

중년의 위기를 겪던 40대 선배가 말했다.

"아무래도 나의 미래는 '맥도날드 할머니'인 것 같아."

"KFC 할아버지 같은 거예요?"

"아니."

선배는 얼마 전 방송에서 본 여성 노인 이야기를 들려주었다. 광화문 일대 맥도날드와 스타벅스 등에 자주 출몰해 트렌치코트를 입고 영자 신문을 읽는 백발의 홈리스가 있다, 알고 보니 그는 부유한 가정에서 태어났고 대학 시절 메이퀸에 뽑힐 정도로 미모가 출중했다, 20년 가까이 외무부 소속으로 일한 엘리트기도 하다. 대강 그런 내용이었다. 듣는 즉시, 나도 선배만큼이나 이 아이러니한 이야기에 강하게 매료되었다.

대중은 맥도날드 할머니를 동정했다. 미디어는 그녀를 불완전한 사회적 안전장치와 노인 문제의 상징으로 해석했다. 그녀가 자존심 때문에 타인의 도움을 거절하고 노숙 생활을 계속하며 기적처럼 인생을 바꿔줄 남자를 기다린다는 2차 보도가 나간 뒤에는 여성혐오 사이트에서 '된장녀의 말로'라는 조롱을 받기도 했다. 그들 누구도 취향과 라이프 스타일이 한 사람의 정체성에 미치는 영향을 인정하지 않았다. 그녀는 인터뷰에서 자신의 단벌 아이템인 트렌치코트에 대해 "비 오는 날이나 평상시나 수수하게 입기 위해 샀다"고 밝혔다. 나도 똑같은 이유로 사둔 트렌치코트가 있다. 그 시대에 태어나 베이지색 트렌치코트의 가치를 정확하게 아는 여성에게 동정과 조롱이라니, 가당키나 한 말인가. 무엇보다 그녀는 동정하거나 분석하거나 조롱할 '대상'이 아니라 타임머신을 타고 건너온 우리 자신일지도 모른다.

우리 사회는 고도성장의 시대를 이미 지났다. 누구도 내일이 오늘보다 나으리라 확신할 수 없다. 점점 줄어드는 일자리를 두고 남자와 여자, 젊은이와 노인, 원주민과 이민자가 한데 뒤엉켜 싸우며 서로를 향한 혐오와 분노를 키우고 있다. 곧 이 싸움에 로봇까지 뛰어들 것이다. 아무리 열심히 일하고 알뜰살뜰 저축해도 자칫 삐끗하는 순간 경쟁에서 탈락해 나락으로 떨어질 수 있다는 말이다.

나에게 맥도날드 할머니를 알려준 선배는 패션 잡지계에 오래 몸담은 편집 디자이너로, 한 시간에 한 번씩 담배를 피우고, 두 시간에 한 번씩 아메리카노를 마시고, 결벽증에 가까운 위생 관념을 가졌으며, 아름답지 않은 것들을 보면 고통을 느끼는 사람이다. 지독한 일 중독자인 데다 자존심이 강하고 고집도 세다. 불확실성에 대한 스트레스가 유난히 심한 타입이기도 하다. 아직 서울에 집을 사지 못했고, 집 있는 남자를 만나더라도 결혼을 할 가능성은 크지 않아 보인다. 출판은 경기에 민감한 업종이다. 게다가 디자인은 조금만 감각이 뒤처지면 설 자리가 없어진다. 디자인을 편집에 종속된 것으로 보는 한국의 잡지 환경에서 어지간한 편집장보다 나이가 많은 디자이너가 설 자리는 더더욱 드물다.

이런저런 이유들로 마흔 줄에 접어든 그녀는 노후에 대해 심각하게 걱정하기 시작했다. 수입은 점점 줄 것이고, 건강관리 비용은 전폭적으로 늘 것이며, 집세와 물가는 앞으로도 절대 꺾이지 않을 것이다. 그리하여 언젠가 빈털터리가 된다면, 그녀는 과연 담배와 커피가 없는 아침, 구호단체에서 나눠준 금사 섞인 꽃무늬 니트 카디건 따위를 받아들일 수 있을까? 글쎄, 푼돈을 아껴서 집을 살 수 있다면 모르겠지만 이미 모든 것이 글러버린 상황이라면 더더욱 소멸해가는 자신을 붙들기 위해 취향에 매달릴 수밖에 없을 거라 생각한다.

영화 〈죽여주는 여자〉(2016)에 '탑골공원 박카스 아줌마'로 출연한 윤여정은 무척 인상적인 의상 컬렉션을 보여준다. 1970~1980년대 유행의 일선에 있었으나 그 시대를 품은 채 고스란히 낡아버린 아이템들이다. 그것은 주인공이 젊은 시절 멋깨나 부린 범상치 않은 여자였으며, 이제는 달라진 세상에서 여전히 자신만의 방식으로 승산 없는 싸움을 계속하고 있다는 사실을 암시한다. 특히가장 빈번하게 등장하는 스웨이드 코트에 대해, 영화의 의상을 담당한 함현주는 맥도날드 할머니에게서 영감을 얻었다고 밝혔다.

"노숙자였던 맥도날드 할머니의 트렌치코트는 그녀의 마지막 자존심이 아니었을까. 그녀의 갑옷 같은 것이라 생각했다."

백만 번 동의한다.

맥도날드 할머니에 대한 세 번째 보도는 그녀가 자신을 도와주려던 무명 남자 가수를 우산으로 폭행해 실명 위기에 처하게 했다는 내용이다. 가수는 할머니를 돕기 위해 옷을 사다 주었다가 봉변을 당했다고 한다. 기사에는 해당 가수의 프로필 사진이 나와 있었다. 나는 할머니의 반응을 옹호하고 싶은 마음도 없고, 이후 보도되지 않은 남자의 안위가 무척 걱정스럽긴 하지만 그가 사다 준 옷이 할머니의 취향에 맞았을 가능성은 매우 낮다고 본다. 남자의 의도가 무엇이건 간에 원치 않는 옷 선물이 그녀에게는 이 세상을 향한 자신의 마지막 무장을 벗겨내려는 위험한 손짓으로 받아들여졌을 것이다.

맥도날드 할머니는 2013년 끝내 사망했다. 그녀의 시신은 무연고 변사자로 처리되었다. 2015년에는 홍콩판 맥도날드 할머니의 이야기가 보도되었다. 홍콩 할머니는 심지어 맥도날드에서 앉은 채로 사망했는데, 일곱 시간이 지나도록 아무도 그녀가 죽은 줄 몰랐다. 《뉴욕타임스》는 24시간 맥도날드를 전전하는 아시아의 홈리스들을 가리켜 '맥난민'McRefugee이란 신조어를 만들어냈다. 기사는 그들이 거기 있다는 사실을 다른 손님들이 의식하지 못한다고 전했다. 그렇게 산 채로 유령이 되어버린 사람들 사이에서, 서울 맥도날드 할머니가 유독 뚜렷한 존재감을 뿜어낸 이유는 단연 그녀의 트렌치코트 때문이었을 것이다.

전 세계 비관왕 배틀이 벌어진다면 결승에서 맞붙을 게 분명한 나와 선배는 고급스러운 취향과 높은 자존심을 껴안고 홀로 서서 히 쇠락해간 왕년의 커리어 우먼 맥도날드 할머니에게 우리 자신의 모습을 투사했다. 우리는 해결책을 고민하기 시작했고 디지털 콘텐츠를 위한 신기술 습득이나 치킨집 창업, 안정적인 회사에 다니고 있는 가족에게 빌붙기, 십시일반 부동산 투자 등 모든 가능성을 검토했다. 하지만 곧 최악의 상황을 상상하기 시작했고 우리에게도 우리만의 갑옷이 필요하다는 다소 엉뚱하지만 절박한 결론에 도달했다.

"며칠 동안 생각해봤는데 말이지, 죽을 때가 되면 모든 걸 처분해서 샤넬 트위드를 살 거야."

선배는 말했다.

"모자와 슈즈까지 풀 착장이면 더 좋겠지. 그대로 관에 넣어서 화장해줘."

혹여 그녀가 소원을 이루지 못하고 돌연사하면 부조금을 미리 걷어 수의로 샤넬 풀 착장을 해 입히고 관에다 새하얀 카멜리아도 얹어주겠다고 약속했다.

정작 나의 수의는 아직 결정하지 못했다. 나는 그에 대한 힌트를 얻기 위해 주변 여자들에게 설문을 실시했다. 누군가는 아장 프로보카퇴르 란제리를 말했고, 누군가는 생로랑 드레스를 언급했다. 그렇다면 나도 유니클로 쫄쫄이를 입고 최후를 맞진 않을 것이다. 고민이다. 언제 어느 때나 입을 수 있고, 질리지 않고, 품위 있고, 그리하여 맥도날드에서 쪽잠을 자더라도 나 자신의 가치를 의심하지 않고 내일을 꿈꿀 수 있게 도와주는 궁극의 아이템은 과연 어디에 있는가. 나에 대한 마지막 존중으로써 '나'를 세상 끝까지 지켜낼 단 한 벌의 갑옷을 나는 아직 찾고 있다.

가족 사이에도
거리가 필요해

우리가 인생에서
앞으로 나아가지 못하도록 막는 것은
우리를 싫어하는 사람들보다
사랑하는 사람들인 경우가 많다.

몇 해 전 출장 겸 여행으로 두 달 간 유럽과 미국을 떠돈 적이 있다. 첫 여행지는 프랑스 칸이었는데, 도착한 지 사흘이 지나서야 가족에게 알리지 않았다는 사실이 떠올랐다. 그제야 어머니에게 전화를 걸어서 이만저만하여 이미 프랑스에 왔으며 두 달 후에나 귀국한다고 말씀드렸다. 어릴 때부터 자취를 하며 매사에 선실행 후통보 하는 습관이 든 데다, 어차피 한국에 있어도 1년에 한 번 볼까 말까 하기 때문에 큰 문제는 아니라고 생각하는데, 이런 일이 있을 때마다 어머니는 여전히 깜짝 놀라신다. 그것이 내가 매사 시시콜콜 가족과 상의하지 않으려는 결정적 이유다.

전형적인 경상도 사람들인 우리 가족은 서로에게 애정 표현을 거의 하지 않는다. 그런데 언젠가 한 번, 그 심드렁한 평화가 깨진 적이 있다. 나는 한겨울 남미를 전전하다가 고산병에 걸려 고생하고 있었다. 볼리비아의 싸구려 호텔방에 짐을 부려놓고 덜덜 떨면서 기어 나가 집에 전화를 걸었을 때, 어머니는 한동안 말을 잇지 못하더니 갑자기 한숨을 푹 쉬면서 이렇게 말했다.

"아이구…… 보고 싶어라."

당황해서 전화를 끊었다. 내 안의 단단하고 뾰족한 무언가가 무뎌지는 것을 느꼈고, 그 길로 호텔로 돌아가 이틀을 앓아누웠다. 말하자면 정신력이 약해진 것이다. 나는 TV에서 본 시체 안치실처럼 푸르스름한 조명이 희미하게 깜빡거리는 방에서 가마니처럼 까칠한 이불을 덮고 누운 채 미약한 의식을 모아 상상을 해보았다. 평생 고향에서 멀리 벗어나본 적이 없고 경미한 공황장애로 인해 가족 없이 낯선 곳에 가지 못하는 어머니에게 볼리비아라는 나라가 얼마나 아득하고 두려운 곳일까를.

그 후 몇 해 동안은 나도 가족에게 살갑게 굴려고 노력해봤다. 어디 가면 간다, 오면 온다 미리 얘기하고, 이직이나 이사를 미리 상의하고, 1년에 한두 번은 고향에 내려가려고 했다. 그런데 이게 막상 해보니 쉬운 일이 아닌 거다. 여행을 떠난다고 하면 어딘지 들어보지도 않고 '그 멀고 위험한 데'를 왜 가냐고 무조건 반대하고, 회사를 관둔다고 하면 뭐가 얼마나 힘들기에 그러냐고 걱정하고, 이사를 한다고 하면 돈은 있냐 필요한 건 없냐 석 달 동안 나도 안 하는 고민에 밤잠을 설치고, 고향에 한번 내려가면 고등학교 씨름부가 일주일 꼬박 먹어도 못 먹을 음식을 준비해놓고선 서울 가지 말고 같이 살자고 매달리기 일쑤였다. 그때마다 나는 죄 지은 것도 없이 미안한 기분이 들었고, 대화를 종결하기 위해서는 끝내 화를 낼 수밖에 없었다.

우리가 인생에서 앞으로 나아가지 못하도록 막는 것은 우리를 싫어하는 사람들보다 사랑하는 사람들인 경우가 많다. 회사를 뛰 쳐나가고 싶을 때, 여행을 떠나고 싶을 때, 성공 여부가 불투명하 지만 흥미로운 무언가에 자원을 쏟아부으려 할 때, 우리가 실패하 고 다치고 망하고 상처받을까 봐 말리는 사람들이 우리를 머뭇거 리게 한다. 내가 실패하고 망함으로써 그들을 책임지지 못하게 될 까 봐 두려워지는 소중한 존재들, 그들이야말로 인생의 가장 큰 족쇄다. 가족이란 대개 그런 존재다. 그리고 그들 때문에 포기한 모든 일들은 고스란히 후회로 남는다.

가족이란 사이가 너무 나빠도 문제, 너무 좋아도 문제인 모양이 다. 결국 나는 살가운 딸이 되기를 포기했다. 뿐만 아니라 홀가분 하고 산뜻한 삶을 위해 전보다 더욱 의식적으로 가족과 거리를 두 기 시작했다. 명절마다 나오는 세계관의 접점이 전혀 없는 한 무 리의 사람들을 만나기 위해 일곱 시간씩 차를 타고 이동하는 일을 그만두었고, 격렬한 반항 끝에 결혼하라는 무의미한 농담을 집 안에서 소거했으며, "그래도 가족"이라는 감정적 호소를 뒤로하고 속 썩이는 혈육과는 연락을 끊었다. 쉬운 일은 아니었다. 가족은 가장 보편적인 종교다. 가족은 무조건 사랑하고 보듬고 용서해야 할 대상이며, 그것을 부정하는 것은 곧 나 자신을 부정하는 것이라는 교리 때문에 우리는 종종 살아서 지옥을 맞는다. 다 쓸데없는 짓이다.

　나는 가족과 나의 기대가 상충할 때, 정말 나를 사랑하는 사람들이라면 궁극적으로는 나의 행복을 지지할 거라는 믿음으로 최대한 이기적인 선택을 하려고 노력한다. 마찬가지로 나의 가족들도 철저하게 자기 행복만을 위해 살아주기를, 나를 위해 아무것도 희생하지 않기를, 결과적으로 나에게 아무런 채무감을 지우지 않아주기를 바란다. 그래서 어릴 때부터 경제적으로 독립하기 위해 노력했고, 다행히 아직까지는 부모님도 나에게 생활비나 의료비 지원을 요구하지 않는다. 만일 내가 새로 가족을 만들게 된다면, 그들과도 서로 크게 기대하거나 상처받지 않는 관계를 유지할 수 있기를 바란다. 물론 웬만하면 가족을 더 늘리지 않는 편이 좋겠지만 말이다.

조카와 고양이가
인생에 들어오는 순간

부모에겐 부모 몫의
사랑이 있고
이모에겐 이모 몫의
사랑이 있는 법이다.

2010년 아들을 낳은 언니는 "엄마", "아빠" 대신 "이모 아이패드 사주세요"라는 말을 먼저 가르쳤다. 마흔 살 기념 인생 재정비 중이던 이혼녀 선배는 보험 수혜자를 부모에서 조카로 돌려놓았다. 연애도 안 하는 싱글 친구들이 단지 예쁘다는 이유로 해외 육아 잡지를 구독하는 일도 있었다. 나는 이걸 '망조'라 불렀다.

마침 미디어에는 '골드 앤트'Gold Aunt라는 신조어가 등장했다. 생활비 때문에 바동거리지 않고, 남아도는 모성애를 주체할 길 없으며, 애를 안 키워봐서 실용성과 무관하게 예쁘면 사주는 이모, 고모 들을 일컫는 말이다. 골드 카드 한 장 없는데 골드 미스, 골드 싱글로 불리며 마케팅의 호구 취급 받는 데 지친 그즈음의 나는 골드 앤트란 말에도 콧방귀를 붕붕 뀌었다. 원체 애를 예뻐하지 않는 데다 '자식 바보'는 제 배 아파 낳았으니 이해하지만 '조카 바보'는 해소되지 않은 결혼과 출산에 대한 갈망을 스스로 인정하는 꼴 같아 한심했다. 그리고 시간이 흘렀다.

언니와 대판 싸우고 몇 년 동안 연락을 끊은 바람에 나는 조카들의 아기 시절을 보지 못했다. 집안 행사 때문에 마지못해 언니와 재회했을 때 첫 조카는 이미 완결형 문장을 구사하는 어린이가 되어 있었다. 그렇게까지 가까이 지낼 생각은 없었는데, 조카가 자꾸 "숙명이네 가고 싶다"며 울어대는 바람에 왕래가 잦아졌다. 녀석은 다정한 아이라서 할아버지, 할머니와 며칠 놀다 헤어질 때도 바람 부는 흥남부두에서 혼자 피난선에 떠맡겨진 것처럼 대성통곡을 해 어른들을 뭉클하게 만든다. 반면 둘째 조카는 좀 무심한 편인데, 그 나름 어른들을 사로잡는 비결이 있다. 돌이 지날 때까지 제 아빠와 유모 말고는 눈만 마주쳐도 기함을 해대던 아이라 살짝 웃어주기만 해도 다들 물 긷다가 승은 입은 무수리처럼 황송해한다.

그즈음 언니네 집을 방문하면 맞벌이 가정 티 내느라 첫째는 하루 종일 "딩동~ 택배 왔어요" 하며 놀고, 둘째는 연변 억양으로 "츄며이 이모 포리 트더주어(숙명 이모, 〈폴리〉 VOD 틀어주세요)" 했다. 그저 예쁜 게 아니라 측은지심까지 들자 대책이 없었다. 뭐 사줘봤자 기억도 못 할 나이니까 엄마한테 현금 집어 주는 게 애들 선물이다 그랬는데, 재미로 사다 준 천 원짜리 〈뽀로로〉와 〈타요〉 스티커에 "고맙습니다", "감사합니다" 배꼽 인사 연발하며 뽀뽀를 해대는 녀석들을 보자 급기야 마지막 무장까지 해제되고 말았다. 어딜 가면 애들 물건부터 눈에 들어오기 시작했다. 내 옷은 늘 아름다운가게에서 만 원 미만으로 구입하는 주제에 프랑스 출장을 가서 봉쁘앙이니 자카디니 하는 아동복 매장을 기웃거리고, 추사랑이 쓴다는 인디언 텐트나 4단 합체 〈또봇〉 장난감 세트 앞에서 걸음을 멈췄다. 쪼르르 달려와서 볼에다 뽀뽀를 쪽쪽쪽 하며 "츄며이 이모 감사합니다" 옹알거리는 조카들의 모습을 상상하면 시상하부에서 엔도르핀이 퐁퐁 샘솟는 것 같았다. 그럴 때면 어린 시절 엥겔계수 100퍼센트에 도전하던 부모님을 대신해 이모가 사주신 나의 처음이자 마지막 인형놀이 세트가 생각난다. 인생에 그렇게 큰 선물이 없었다. 부모에겐 부모 몫의 사랑이 있고 이모에겐 이모 몫의 사랑이 있는 법이다.

안타까운 일은 조카들에게 쏟는 애정이 커가는 것과 비례해 세상에 대한 나의 비관도 커진다는 것이다. 불신할 수밖에 없게 만드는 사회 시스템이 가장 큰 문제다. 2008년 교회 화장실에서 여덟 살짜리 여아를 잔혹하게 강간하고 상해를 입힌 조두순은 불과 12년 형을 받았고, 피해자가 성인이 되고 얼마 지나지 않아 사회로 돌아올 예정이다. 그가 출소하는 해는 여자아이인 나의 둘째 조카가 열 살이 되는 해이기도 하다. 그런 생각을 하면 가슴이 답답해진다. 우리는 아이들의 생존을 위해 인간을 의심하는 법을 가르쳐야 한다. 이런 나라에서 애를 낳아 학교에 보내는 게 과연 옳은 일일까.

또 다른 문제도 있다. 한 번은 언니가 출장을 간다고 일주일 동안 아이들 어린이집 등원을 도와달라고 부탁했다. 형부의 출근 시간이 너무 이른 관계로 남의 손을 빌릴 수밖에 없었다. 나는 아침에 일어나질 못해서 회사도 안 다니는 사람인데 그게 가능하겠냐고, 자신 없다고 거절했지만 전화를 끊고 내내 마음이 무거웠다. 한국에서 아이 낳아 기르는 게 얼마나 많은 돈과 노동이 필요한 일인지 안다. 그로 인해 여자들이 사회에서 받는 불이익에 분노한다. 언니가 회사에 가서 "애 봐줄 사람이 없어서 출장을 못 가겠다"는 말 따위를 하게 만들 수는 없었다. 무엇보다 내 조카들이 아닌가. 결국 나는 딱 한 번 늦잠을 자서 아슬아슬하게 도착하는 바람에 형부의 인사고과에 약간 흠집을 낸 것 말고는 차질 없이 임무를 수행했다.

때로는 언니가 야근을 한다고 아이들을 부탁하기도 한다. 야근과 주말 근무가 옵션이 아니라 기본 조건인 한국의 노동 환경은 기업들이 고용한 직원 한 명뿐 아니라 그들의 자녀와 가족 전부를 착취하는 불합리한 시스템이다. 하지만 당면한 문제를 해결하기 위해서는 나부터 그 시스템에 뛰어들어 장단을 맞출 수밖에 없다. 각기 대기업 직원과 공무원인 언니 부부는 그나마 서울에 전셋집이라도 장만하고 결혼했다. 언니는 법정 출산휴가와 육아휴직을 다 쓰고도 불이익 없이 회사로 복귀할 수 있었으며, 나의 월수입에 맞먹는 비용을 매달 지불하며 육아의 일부를 아웃소싱 한다. 그럼에도 이렇게 육아에 허덕이고, 이따금 아이들의 미래 비용을 걱정할 정도면 대부분의 서민들은 대체 어떻게 아이를 낳아 키우는 것일까 염려가 된다.

나는 이런 사회에서 아이를 낳아 기를 만큼 담대하지도 유능하지도 않다. 출산에 회의적으로 변해가는 만큼 가장 가까운 후손인 조카들에게 어른으로서 최대한의 보살핌을 제공해야 한다는 의무감은 커간다. 지구가 하루빨리 멸망해버리면 좋겠다고 바라던 과거와 달리 세상을 좀 더 나은 곳으로 만들고 싶다. 자신의 사망보험금을 조카 이름으로 돌려놓았다는 선배의 말에 과거 나는 웃음을 터뜨렸지만 이제는 그 심정을 조금은 이해한다.

보험 얘기가 나왔으니 말인데, 나의 가까운 지인은 생명보험에 가입하면서 사망보험금 수령인인 어머니에게 한 가지 부탁을 했다. 자신이 사망할 경우 자기 고양이와 보험금 일부를 나에게 보내라는 내용이다. 보험사 약관에 동물에 관한 내용이 없어서 어머니에게 부탁해둔 것이다. 그로부터 몇 년이 흐른 2016년 10월, 한 은행이 펫신탁 상품을 내놓았다. 고객이 은행에 미리 자금을 맡겨

놓고 본인 사후에 반려동물을 부양하는 사람에게 비용이 지급되도록 하는 상품이다. 부양비는 분할 지급하고 지급할 때마다 관련 서류를 은행에 제출하게 해 반려동물의 생존을 확인하게 할 수도 있다. 현재 대상은 개와 고양이까지다.

문제의 고양이 집사는 첫 반려묘가 자신을 어떻게 바꿔놓았는지 자주 고백한다. 내가 그를 만난 건 두 번째 고양이를 들인 직후였으니 과거의 모습은 모른다. 그의 말로는 젊은 날 자신이 사나운 독설가에다 사랑을 모르는 사람이었다고 한다.

"고양이가 없었으면 나는 여전히 개차반이었을 거야."

요즘 그는 온화하고 친절하다.

결혼하고 아이를 낳은 사람들에게 최소한의 가족이 부모와 배우자, 자식까지라면 싱글인 나에게는 그 범위가 조카까지로 확장된다. 그리고 누군가에게는 개와 고양이까지다. 마흔 살 넘어 혼자 살던 또 다른 지인이 처음 고양이를 들였을 때 주변 사람들은 "싱글 생활에 말뚝 박겠다는 각오냐"며 놀려댔다고 한다. 아무렴 어떠랴. 혈연과 법률로 결정된 가족이 적다 뿐, 사랑으로 선택한 가족의 크기는 싱글 가구라고 해서 결코 작지 않다.

싫은데요!

그리고 거짓말처럼
아무 일도 벌어지지 않는다.

지금은 이런 말을 하면 아무도 믿지 않는데, 나는 거절을 잘 못 하는 사람이었다. 같이 밥 먹자는 말을 거절 못 해서 저녁을 두세 번 먹는다거나 하기 싫은 일을 억지로 떠맡았다가 난처해질 때도 많았다. 스물여덟 살에는 회사에 가기가 너무 싫었지만 그만둔다는 말을 어떻게 해야 할지 몰라서 몇 달을 끙끙 앓았다. 간신히 그만둔 것은 상사와 싸우고 난 다음 날 늦잠을 잔 덕분이다. 피곤해서 곯아떨어져 있는데 점심 무렵 회사에서 전화가 걸려왔다.

"너 그만두려고 그러니?"

이게 웬 떡인가! 퇴사 이유를 구구절절 설명할 엄두가 도저히 안 났는데 그냥 "네"라고만 하면 되다니!
한번 말을 꺼내니 밀고 나가기가 쉬웠다. 한 달 뒤 나는 회사를 벗어났다. 그런데 좀 쉬려니까 지인이 전화를 걸어왔다.

"그 조직에 내가 사람을 구해줘야 하는데, 적당한 사람이 너밖에 없구나. 그냥 나 도와주는 셈 치고 석 달만 다녀."

"저…… 저…… 저는 그런 일은 해본 적도 없고…… 놀고 싶……."

"시끄러워. 일단 가서 인사나 해."

나는 우물쭈물 끌려가서 인사를 했고, 반색하는 사람들을 실망시키기가 싫어서 얼떨결에 일을 수락했다. 전쟁 같은 석 달을 보내고 이제 좀 쉬려나 했더니 또 누가 전화를 했다.

"사람 뽑기가 왜 이렇게 힘드니? 그냥 네가 와. 살해줄세."

"저…… 저…… 저는 그쪽 일은 잘 모르고…… 놀고 싶……."

"괜찮아, 할 수 있어. 선배들 도와준다 생각하고 와."

나는 우물쭈물하다가 또 출근 날짜를 잡았다. 정말 내키지 않았지만 거절하는 게 두려웠다. 전화를 끊고 수심에 차 앉아 있는데 누가 와서 말을 걸었다. 나보다 예닐곱 살이 많은 유부녀 동료였는데, 마음에 안 들거나 부당한 제안은 단칼에 거절하는 유형의 사람이었다. 일이 이렇게 되어서 쉬지도 못하고 곧장 다른 곳으로 출근하게 되었다고 하니 그녀는 배꼽을 잡고 깔깔 웃었다.

"그냥 싫다고 하면 되지. 그게 왜 어려워?"

"모르겠어요. 힘들어요. '노'No라고 하는 법 좀 가르쳐주세요. 돈 내고라도 배우고 싶어요."

"일단 생각해보겠다고 하고 시간을 벌지 그래?"

그랬던 게 엊그제 같은데, 정신을 차려보니 어느덧 나는 주변 사람들 사이에서 거절의 아이콘이 되어 있었다. '너는 이런 거 안 하잖아, 네가 거절할 줄 알았어, 안 할 거지? 혹시나 싶어서 물어본 것뿐이야' 같은 말을 밥 먹듯 듣는다. 그렇게 되기까지 돈보다 더한 값을 치르고 '노'라고 말하는 법을 배웠다. 내 시간과 건강과 경력, 감정 같은 것들 말이다.

우리는 이런 말들에 쉽게 휘둘린다.

'너밖에 없어, 너 없으면 안 돼, 나 너무 힘들어, 도와줘, 너 이런 거 잘하잖아, 너한테도 도움이 되는 일이야, 정말 이럴 거야?'

하지만 세상에 나밖에 못 하는 일이란 없다. 제안을 수락할 때의 고마움은 잠깐뿐이고, 어쨌거나 네가 하기로 한 이상 네 책임이라며 결과에 대해서는 냉정하게 평가한다. 그때 가서 "나는 하기 싫었는데……" 해봤자 못난 변명밖에 안 된다. 마찬가지로 제안을 거절할 때의 섭섭함도 잠깐이다. 한두 번 거절했다고 해서 영영 일이나 관계가 끊기지는 않는다. 어차피 내가 필요한 사람은 다시 연락을 해오게 되어 있다. 버거운 일을 부탁받아 내내 짜증을 내거나 신통찮은 결과물을 내는 것보다 단호하게 거절하는 편이 추후 관계에도 훨씬 좋은 영향을 미친다.

나는 멍청하게도 그 모든 사실을 오랜 시간을 들여 경험하며 배웠다. 처음엔 일단 대답을 미루라는 조언을 따랐다. 그건 확실히 껄끄러운 말을 하는 데 필요한 용기와 명분을 수집하기에 도움이 되었다. 그렇게 시간을 번 다음 이렇게 말했다.

"생각해봤는데 아무래도 못 할 것 같습니다. 미안합니다."

그런 말을 하면서 상대방이 서운해하거나 화를 낼까 봐 벌벌 떨었다. 하지만 그런 일은 거의 벌어지지 않았다. 절박하게 호소하거나 무섭게 강권하던 사람들도 깔끔하게 거절하면 수긍하고 돌아섰다.

"알았어. 어쩔 수 없지 뭐. 다음에 밥이나 한번 먹자."

대부분은 그렇게 마무리된다. 심한 경우라고 해봤자 화를 내기보다 실망하거나 매달리는 정도다. 그런 과정을 여러 번 겪으면서 언젠가부터 나는 거절하는 것을 즐기게 되었다. 정확히는 두려움과 미안함에 굴복하지 않고 '노'라고 말할 때 나 자신이 진정 배려 있고 용감한 사람이 되었다는 뿌듯함을 느낀다. 그 느낌을 알고 나니 더 이상 시간을 벌기 위해 대답을 미룰 필요도 없었다. 미뤄

봤자 마음만 더 오래 무거울 뿐이니까. 또한 재빨리 깔끔하게 거절할수록 상대방이 대안을 찾을 시간도 많아진다. 그런 요령들이 나의 작고 평온한 세계를 유지하는 데 큰 도움이 된다.

하기 싫은 일, 보기 싫은 사람, 가기 싫은 곳, 갖기 싫은 것에 대해 요즘 나는 두 번 생각하지 않고 이렇게 말한다.

"싫은데요."

그리고 거짓말처럼 아무 일도 벌어지지 않는다.

혼자 놀기

/

고독한 밤의 플레이리스트

취미는
취미수집입니다

해야만 하는 일들로부터
도망칠 공간이 있다는 것은
우리가 견뎌내야 하는 삶의 무게를
좀 더 가볍게 만들어준다.

오래전 한 중견 배우와 인터뷰를 하다 수십 년간 지치지 않고 같은 일을 해온 비결을 물었다. 회사 일에 질려서 몸살이 나 있던 터라 인터뷰를 빙자한 고민 상담을 한 것이다. 행여 광대의 천명을 타고났다는 식의 엄숙하고도 흔한 답이 돌아오면 아직 천직을 발견 못 한 나 같은 인간은 어쩌면 좋으냐고 징징거릴 참이었다. 그는 뜻밖의 말을 했다.

"취미가 많아요."

"네?"

"힘들 때 쉴 곳이 많다는 거죠. 내가 이거 아니면 할 거 없냐, 그러고 다른 거 하다가 힘을 추슬러서 돌아옵니다. 낚시도 하고 등산도 하고 텃밭도 가꿉니다."

'하면 된다' 시대를 관통해온 대한민국 60대 남성에게 기대할 법

한 답은 아니었다. 확실히 일리가 있는 이야기였다. 해야만 하는 일들로부터 도망칠 공간이 있다는 것, 의무와 무관한 몰입의 대상이 있다는 것은 우리가 견뎌내야 하는 삶의 무게를 좀 더 가볍게 만들어준다. 그래서 나는 돈이 되지 않는 일들에 기꺼이 시간을 내고 에너지를 쏟는 사람들을 좋아한다. 삶을 사랑하고 자신을 돌볼 줄 아는 사람들 말이다. 그들의 대척점에는 바로 지금 여기, 자기에게 먹이를 주는 집단이 우주의 전부인 줄 아는 터무니없이 비장한 부류들이 있다. 정말이지 견디기 힘들다. 그들과 대화하다 보면 세계가 관짝처럼 쪼그라들어 나를 짓누르는 느낌이 든다.

나도 취미가 많다. 누군가는 나에게 이런 말을 했다.

"너는 혼자 있어도 심심하지 않겠다."

심심하지 않은 정도가 아니라 혼자 하는 재미있는 일이 너무 많아서 곤란하다. 어느 정도 곤란한가 하면, 이걸 좀 해보려고 하면 저게 재밌어 보이고, 저걸 좀 할라치면 또 다른 데 관심이 가서 뭐 하나 깊이 파는 취미가 없다. 사진을 찍어보겠다고 좋은 카메라를 샀다가 팔아치운 게 몇 번인지 모른다. 유화는 딱 석 점을 그려서 친구들에게 선물한 뒤 그만뒀다. 한동안은 틈만 나면 자전거를 타거나 조깅을 하거나 숲을 걸었는데 폐를 키우는 활동이 내 체질에 안 좋다는 말을 듣고 중단했다. 기타는 C코드와 D코드만 간신히 잡고, 실내 텃밭은 대여섯 번 만들다가 갈아엎었다. 《슬램덩크》 전집과 브루스 리 피규어, 주성치의 전성기 비디오들, 묵직한 카지노 칩이 든 카드 게임 세트 등 키덜트 아이템을 모으기도 했다. 하지만 사사키 후미오의 《나는 단순하게 살기로 했다》와 도미니크 로로의 《심플하게 산다》를 읽은 뒤 한밤중에 일어나 사진을 찍고 중고나라에 올려서 다 팔아치웠다. 그 밖에도 과일청 만들기, 가구 만들기, 도자기 공예, 향초 만들기, 우쿨렐레, 캘리그래피 등 짧은 시간 나를 스쳐간 취미는 부끄러울 정도로 많다.

그나마 오랫동안 질리지 않고 해온 취미는 바느질과 뜨개질이다. 내가 섬세하고 가정적인 스타일은 아닌 탓에 가까운 친구들도 믿지 못하는데, 정말 바느질과 뜨개질을 좋아한다. 뜨개질하는 동안에는 딱 TV 드라마를 이해하거나 가벼운 수다를 떨 정도의 정신만 여분으로 남기고 나머지 두뇌 작용은 정지된다. 감정 같은 건 느낄 겨를이 없다. 손은 리드미컬하게, 그러나 기계적으로 움직인다. 경미한 육체노동이자 중간 템포 음악에 맞춰 추는 가벼운 춤 같은 동작, 거기에서 오는 희열이 있다. 남녀불문 세상 모든 분노조절장애 환자들에게 권할 만한 작업이다.

한동안 회사에서 울화가 치밀 때마다 라운지에 나가 목도리를 떴다. 동료들은 그것을 '분노의 목도리'라고 불렀다. 분노의 목도리에 대한 나의 애정은 깊고 깊어서, 언젠가 택시에 두고 내렸을 때 카드 회사에 전화를 걸어 택시 회사 번호를 알아낸 뒤 물어물어 기사님을 찾아내 차고지에서 강남까지 택시비 3만 원을 지불하고 되찾았다. 실 값은 총 1만 원도 안 들었는데 말이다. 그 후로도 분노의 목도리를 다섯 개는 더 뜬 것 같다. 여기저기 선물하고 이제는 남은 것이 없다. 정작 나는 목이 답답한 게 싫어서 겨울에도 목도리를 하지 않는다.

뜨개질에 대한 애정은 언젠가 '보다 쓸모 있는 걸 만들어보자'며 스웨터에 도전했다가 실패한 뒤로 미지근하게 식어버렸다. 역시 쓸모가 취미를 망친다. 사실 뜨개질은 3차원 공간에 대한 이해와 치밀한 수리 계산이 필요한 다분히 건축적인 행위다. 분노를 동력 삼아 기계적으로 뜰 수 있는 건 가로세로, 2차원에 국한된 목도리까지다. 그 이상이 되면 뇌에 과부하가 걸린다.

요즘은 스트레스를 받을 때 주로 바느질을 한다. 며칠간의 고된 노동을 끝내고 나 자신에게 뭔가 보상을 주고 싶을 때, 생각을 정리하고 싶을 때, 밖에 나가거나 사람을 만나지 않고 유희적인 일을 하고 싶을 때, 머리를 덜 쓰면서 성취감을 느끼고 싶을 때도 바느질을 한다. 커튼, 베개, 쿠션, 티슈 커버, 식탁보, 화장품 파우치 등 작은 물건을 만들거나 옷을 수선한다. 생활에 별 보탬은 안 된다. 돈 주고 사는 편이 훨씬 싸고 예쁘고 튼튼하다. 애초에 나는

'손맛'이 나는 물건들보다 공장에서 각 잡아서 날렵하게 찍어낸 물건에 더 끌리는 편이다. 아무렴 어때랴. 과정만 즐거우면 된다.

　2016년 제주 아라리오 갤러리에서 〈실연의 박물관〉 전시가 열렸다. 크로아티아 예술가 커플이 동거하다가 헤어지면서 함께 쓰던 물건을 어떻게 처분할까 고민한 끝에 작은 컨테이너 박스를 마련해 박물관이라 이름 붙였다. 그러고는 세계 각지에서 이별담을 모으고 사연 있는 물건을 기증 받아 아트 프로젝트로 발전시켰다. 그중 가장 인상 깊은 물건은 어깨선도 안 맞고 군데군데 코가 나가거나 울어서 엉망진창인 스웨터였다. 얼핏 메종 마르지엘라의 전위적인 컬렉션 의상 같아 보이기도 하는 이 옷은 어느 미국 여성이 남자 친구와 헤어진 뒤 울분에 차서 만들었다고 한다. 아무도 없는 갤러리에서 혼자 피식 웃음을 터뜨렸다. 생각이 많아 잠들지 못하는 밤, 이불을 걷어차고 일어나 천식 환자가 호흡기를 찾듯 그림을 그리거나 기타를 치거나 뜨개질을 하던 내 모습이 떠올랐다. 그 순간 지구 어디선가 또 다른 여자들이 나와 같은 행동을 하고 있었을 거라 생각하니 위안이 되기도 했다. 나는 얼굴도 모를 그 스웨터의 주인이 몹시 사랑스러웠다. 그녀에게 말을 건네고 싶었다.

　잘 살고 있죠? 당신 마음 내가 압니다, 알아요.

책을
기억하는 방법

아무래도 책보다
책 좋아하는 사람들을
더 좋아하는 것 같다.

글 쓰는 게 직업이라고 하면 이런 반응이 돌아올 때가 많다.

"아, 어쩐지 그럴 것 같았어요."

대학 때 경제학과 교수의 논문 타이핑 작업을 잠깐 도운 적이 있는데, 그때 교수는 이런 말을 했다.

"너 참 책 좋아하게 생겼다. 그런데 책 좋아하는 남자 만나지 마라. 고생한다."

책을 좋아하거나 글을 쓰게 생긴 얼굴이 뭔지 정확히는 모른다. 소심하고 게으르고 내성적인 기질을 신중함으로 위장하는 데 그럭저럭 성공했다는 뜻이 아닐까 싶다.

이미지는 그렇지만 사실 나는 책과 그리 친하지 않다. 집중력이 부족해서 눈으로는 글자를 더듬으면서 머리로는 딴생각을 할 때가 많다. 독서나 여행이 사람을 성숙하게 만든다는 말도 믿지 않는다. 백날 책 읽고 여행 다녀도 멍청하고 이기적인 사람은 언제까지나 멍청하고 이기적이다. 그럼에도 어쩔 수 없는 활자 시대의 사람인지 책을 읽는 동안에는 TV를 보거나 게임을 하거나 술을 마실 때보다 인생을 낭비하고 있다는 생각이 덜 든다. 그게 내가 책을 읽는 유일한 이유다.

책을 모으는 데는 더 회의적이다. 나는 책의 물성을 좋아하지 않는다. 책은 공간을 너무 많이 차지한다. 그것들은 원룸 생활자의 적이요, 이사의 적이다. 소파에 드러누워 책을 읽으면 이내 팔이 저려온다. 테이블에 놓고 읽으면 제멋대로 페이지가 넘어간다. 독서대에 끼워두면 페이지를 넘기기 번거롭다. 빛바래고 먼지 앉고 벌레 먹은 책들은 호흡기에도 해롭다.

집중할 시간이 부족한 짧은 여행에는 되도록 유머러스한 단편집이나 에세이를 고르는 편이다. 로알드 달과 레이먼드 카버의 소설, 빌 브라이슨과 앤서니 보뎅의 에세이가 1순위다. 출장 중 한 번은 판형이 작고 가볍다는 이유로 책장에 언제부터 처박혀 있었는지 모를 문고판 서머싯 몸 단편집을 챙겼다. 이륙을 앞두고 전자기기 사용 금지등이 켜지자마자 책을 꺼냈다. 그러고는 독서를 시작할 때 습관적으로 하는 행동을 했다. 한 손에 책을 말아 쥐었다가 첫 페이지부터 끝 페이지까지 필름을 영사하듯이 재빨리 휘리릭 넘기는 것이다. 하마터면 불법 화학무기 소지죄로 잡혀갈 뻔했다. 책이 잔뜩 삭은 나머지 먼지 덩어리가 버섯구름처럼 뭉게뭉

게 피어오른 것이다. 그 먼지를 고스란히 들이마신 나의 호흡기는 멀쩡하지 못했다. 나는 비행 내내 눈물 콧물을 흘리며 재채기를 해댔고, 화장실을 들락거리며 코를 씻고 또 씻었다. 이래서 내가 책을 싫어한다.

문제의 낡아빠진 서머싯 몸은 지금 언니 집에 가 있다. 책은 함께 모았으되 컬렉션에 집착하는 것은 언니 쪽이었으므로, 언니가 신혼여행 가 있는 동안 1톤 트럭 가득 책을 싣고 가서 서재를 꾸며주었다. 집에 돌아와 텅 빈 책장을 보니 홀가분한 기분이 들었다.

나는 그렇게 학창 시절 내가 사랑한 작가들과 한꺼번에 이별했다. 밀란 쿤데라, 무라카미 하루키, 가브리엘 가르시아 마르케스, 로맹 가리, 폴 오스터, 오에 겐자부로, 존 르 카레, 김승옥 그리고 무협의 대가 김용이 그렇게 떠나갔다. 그 후로는 책을 모으는 일에 더욱 흥미를 잃었다. 어차피 이제 다시 멋진 서가를 갖기는 틀렸어, 라는 자포자기의 심정이었다.

요즘은 되도록 전자책을 이용한다. 긴 여행과 이사를 자주 하는 사람에게 전자책은 선택이 아니라 필수다. 발리에서 룸펜에 가까운 생활을 하며 책을 쓰는 요즘 나의 전자책 단말기에는 알랭 드 보통과 김언수, 정이현, 한강, 황정은의 소설들, 김훈과 정민, 김현진의 칼럼집, 바버라 에런라이크, 리베카 솔닛, 록산 게이 그리고 세계가 왜 이렇게 엉망진창이 되었는지 이해하기 위해 구입한 종교철학책 몇 권이 들어 있다.

사정이 이렇다 보니 종이책은 웬만하면 다 읽고 나서 처분한다. 하지만 정신을 차리고 보면 또 책장 가득 뭔가가 쌓여 있다. 책을 제때 정리하지 않으면 또 다른 문제가 발생한다. 기억력이 너무 나빠서 대체 이게 읽은 책인지 안 읽은 책인지 헷갈린다는 것이다. '음 이거 재밌겠군' 하고 펼쳐서 읽다 보면 과거에 읽은 기억이 어렴풋이 돌아온다. 책을 쓰고 만들고 파는 일의 수고로움을 알기 때문에 완성된 책에는 최소한의 존경심을 가지려고 한다. 그럼에도 불구하고 '내 인생의 소중한 몇 시간을 낭비하게 만들었다'는 생각이 드는 책이 있는데, 같은 책에 두 번 세 번 당하고 나면 분노가 치밀어 오른다. 나의 멍청함에 대한 분노다. 그것에 대한 해결책으로 내가 고안해낸 방법은 다 읽은 책에 스티커를 붙이는 것이다. 그런 아이디어가 떠오른 것은 아마도 영화에 별점을 매기는 나의 직업과 무관하지 않을 것이다.

스티커의 색은 세 가지다. 노란색은 즉각 처분용이다. 굳이 갖고 싶다는 사람이 있으면 주지만 권하진 않는다. 예컨대 언젠가 폐지 줍는 할머니께 잡지 과월호들과 함께 싸서 드린 여행서 시리즈가 그랬다. 홍콩 여행을 앞두고 책장을 살펴보니 어디서 굴러

들어왔는지 모를 여행서 시리즈에 마카오 편이 있었다. 부실한 정보가 같은 책 안에서만 세 번, 네 번 되풀이되고 있었다. 제작 과정이 뻔히 짐작이 갔다. 여행 작가가 남의 돈으로 여행 다니면서 팔자 좋게 노는 일인 줄 알고 덜컥 도전한 철없는 저자가 차일피일 마감을 미루다 인터넷에서 긁어모은 자료 스무 장 정도를 출판사에 던져주고는 잠수를 타버렸을 것이다. 편집자는 머리를 한 움큼 쥐어뜯으며 그것을 서너 배로 뻥튀기하여 분량을 맞췄을 것이고, 출판사 사장은 어차피 안 팔릴 책이라고 사진 값과 교정교열 비용을 쥐어짰을 것이다. 그런 서글픈 상상을 하게 만든 벌로, 시리즈 전체가 폐기처분되었다.

파란색 도트를 붙인 책은 선물용이다. 대부분의 책이 여기 속한다. 빨간색은 소장용이다. 뒷얘기가 궁금해서 잠을 잘 수 없으면서도 페이지가 줄어드는 게 아쉬운 책, 독서의 즐거움을 일깨워줘서 책을 덮자마자 다음 책을 집어 들게 만드는 책이다. 이런 책들은 몇 번이고 더 읽을 수 있다. 그런 책을 만나면 나는 작가의 전작을 주문하거나 비슷한 도서를 검색하기 전에 책상으로 달려가 빨간 스티커를 끄집어내 책등에 착 붙이고는 흐뭇한 얼굴로 그것을 놓아둘 자리를 고른다. 《은하수를 여행하는 히치하이커를 위한 안내서》, 《그리스인 조르바》, 정유정과 박민규의 장편, 김애란의 단편, 몇 권의 미야베 미유키가 포함되어 있을 것이다.

내 집에 놀러올 정도로 가까운 손님은 다들 책벌레다. 나처럼 게으른 독자와는 비교도 안 되는 다독가가 많다. 술보다 술자리를 좋아한다는 사람들처럼 나는 아무래도 책보다 책을 좋아하는 사람들을 더 좋아하는 것 같다. 그리고 보니 그들도 다 '책 좋아하게 생긴' 얼굴이긴 하다. 그들은 본능적으로 책장을 둘러보며 나의 취향을 파악하려 애쓴다. 나는 그들에게 스티커의 의미를 들려준다. 대개 이런 답이 돌아온다.

"좋은 아이디어네요! 나도 읽었는지 안 읽었는지 기억 못 하는 책이 너무 많아요. 한 번씩 책 정리를 하려고 해도 어디서부터 손을 대야 할지 감이 안 오고요."

나는 혹시나 하고 파란색 도트가 붙은 책 중 원하는 것을 골라보라고 하지만 내게 있는 책이 그들에게 없는 경우는 드물다. 그들은 파란 책보다 빨간 책에 더 관심을 보인다.

"아, 나도 이거 좋아해."

"이게 재미있단 말이지? 나도 읽어봐야겠네."

"저 작가를 좋아하면 다음엔 그 책을 읽어봐."

그런 다정한 말들이 기쁘다. 상대의 취향에 관심을 갖는 것만큼 확실한 호감의 표시가 어디 있겠는가. 더러는 빨간 책을 빌려달라

는 사람도 있다. 이건 기쁘지 않다. 책을 빌려줬다가 돌려받은 경
우는 거의 없다. 나도 남들에게 빌렸다가 안 돌려준 책이 몇 권 있
다. 얼핏 생각나는 것은 나쓰메 소세키의 《나는 고양이로소이다》,
앨리슨 피터스 추모 소설집 《독살에의 초대》, 김소연의 《시옷의
세계》 등이다. 모두 좋은 책이다. 하지만 굳이 책을 핑계로 만나
기엔 대여자와 연락이 끊긴 지 오래되었거나, 만나기만 하면 다른
용건으로 바빠 잊어버리기 일쑤라 영영 돌려주지 않을 듯하다. 그
것들을 볼 때마다 부채감에 사로잡혀 생각한다. 역시 책은 빌려주
는 것이 아니라 선물하는 것이라고.

내 책장의 비밀을 또 하나 얘기하자면 거실에 빼곡히 꽂힌 책은
모두 내 게으름의 증거다. 궁극적으로는 책이 한 권도 없는 집을
꿈꾸지만 책이 불어나는 속도를 읽는 속도가 따라잡지 못해 아직
그것들이 집에 놓여 있는 것이다. 할 일 없는 밤이면 나는 개학을
앞둔 초등학생이 그림일기장을 펼치듯 무거운 마음으로 그중 하
나를 집어 든다. 그래도 당장 처분해야 할 노란 책보다는 좀 더 보
관해야 할 빨간 책이기를 바란다. 아무래도 책 없이 살겠다는 나
의 꿈은 당분간 이루어지기 힘들 것 같다.

어른의
학습 노트

호젓이 만나
오래 머물
지식의 방.

빌 게이츠는 1994년, 경매에 나온 레오나르도 다빈치의 36장짜리 노트를 3,080만 달러에 샀다. 자식을 낳는대도 서울에 집 한 칸 물려줄 형편이 못 되는 나는 대신 후손에게 물려줄 노트를 만들어야겠다고 결심했다. 360장도 넘는 빳빳한 스케치북 재질의 스프링 노트였다. (내 손주의 손주의 손주는 얼마나 부자가 될 것인가!) 그런데 딱히 쓸 내용이 생각나지 않아서 생전 안 하던 짓을 해보았다. 독서노트를 쓰기 시작한 것이다. 마침 책상 위에 있던, 구입한 지 6년쯤 지난 이슬람 역사책 한 권을 펼쳐 들었다. 나는 여지껏 이 책을 한꺼번에 열 페이지 이상 읽는 데 성공한 적이 없으나, '비장식적 모던 인텔리겐치아 스타일'(가난한 인문계 대학원생의 자취방 스타일과 비슷하다)이라는 나의 인테리어 콘셉트에는 매우 잘 부합하는지라 언제나 손 닿는 곳에 놓아두고 자린고비 굴비 먹듯 눈으로 탐닉했다. 그날 밤, 나는 이슬람의 창시자 무함마드와 초기 칼리프들에 대해 많은 것을 배웠다.

학교를 졸업한 후부터 나는 성적이나 취업 등 보상을 기대하는 학습과 순수한 지적 성장을 위한 독서를 완고하게 분리했다. 밑줄 긋고 메모하고 주석을 찾는 적극적이고도 절박한 책 읽기는 학생들에게나 어울리는 것인 줄 알았다. 여가로서의 독서라는, 시간이 남아도는 성인만의 특권을 딱딱한 저장 강박으로 방해받고 싶지 않았다. 학습 노트는 선생들이 강요한 습관일 뿐, 그저 술술 읽는 것만으로 정복 못 할 책은 없으리라는, 나의 지적 능력에 대한 터무니없는 믿음도 한몫했다. 그 나태하고 건방진 선입견이 깨진 것은 당연히 빌 게이츠와 레오나르도 다빈치 때문은 아니다.

함께 일하던 사진가가 여가 시간에 도서관을 드나들며 영어 공부를 한다는 말을 듣고 가벼운 혼란에 빠진 것은 여러 해 전의 일이다.

"회화가 아니라 도서관에서 혼자 단어와 문법을 공부한다고요? 유학 가세요? 뉴욕? 런던?"
"아니, 그냥. 도서관에서 공부하고 있으면 기분이 좋아."

나는 인간이 아무런 목적 없이 행하는 고차원적 활동에 쉽게 감동한다. 업무를 완수하는 데 필요한 수준 이상의 완성도를 추구한다거나 보상 없는 정의를 실천하는 식의 태도야말로 인간의 존엄

성을 입증하는 방식이라 믿는다. 같은 관점에서 토플 성적이나 유학 같은 실용적인 목적이 아니라 지적 유희로써 공부를 한다는 게 신선하고 사랑스럽게 느껴졌다.

또 언젠가는 강남대로의 비즈니스 빌딩 화단에 앉아 영화 전문 서적에 코를 박고 내용을 씹어 먹을 기세로 같은 대목에 대여섯 번 동그라미를 치며 공부하는 기자 동료를 보고 감동한 적이 있다. 마침 가로등이 비춰 그 광경은 렘브란트의 그림처럼 숭고해 보였고, 동행은 내게 소곤소곤 물었다.

"저거 설정이니?"
"아닐걸요. 원래 공부를 좋아하는 사람으로 알고 있어요."
"멋지네."
"멋지죠."

'그래, 나도 뭔가 공부를 해야겠다'고 결심한 지는 오래됐다. 그러나 나의 두뇌는 역사와 철학과 문화, 예술에 관한 나의 지적 허영을 감당할 만큼 똑똑하지 못했다. 가뜩이나 학창 시절부터 암기는 젬병인 데다 잦은 마감으로 언어 감각이 목수의 지문처럼 닳아 희미해진 후로는 낯선 문장을 잘 받아들이지 못하게 되었으며, 멀티태스킹은 못 하되 멀티 잡생각은 한 다스도 너끈한 뇌구조 때문에 디테일은 차치하고 학자들의 노작에 담긴 논리와 구조를 대강이라도 파악할 만큼 책을 붙들고 있지도 못했다. 그리하여 나는 이슬람 역사책의 도입부를 열다섯 번 정도 읽었지만 아무것도 기억나지 않는 관계로, 열여섯 번째 독서도 첫 문장부터 다시 시작해야 할 상황에 놓여 있었다. 그런 책이 꽤 많다.

때론 기가 LTE 시대에 읽고 기억하는 게 뭐 그리 중요한가 싶다. 검색하면 다 나오는데. 하지만 이내 마음을 고쳐먹는다. 아직 알파고가 학문과 예술을 통섭해 개별적인 지적 체험을 새로운 차원으로 끌어올리는 일까지는 못 하니, 그런 건 인간이 스스로 알아서 해야 한다고. 그래서 나는 갚지 않은 빚처럼 끝내지 못한 책들의 무게에 짓눌려 늘 허덕인다. 그러다 올 초, 우연히 360장도 넘는 빳빳한 스케치북 재질의 스프링 노트가 눈에 띈 것이다.

당연히, 그냥 읽어도 충분한 책이 있고 적극적인 공부가 필요한 책이 있다. 매우 지적인 외모를 가졌음에도(진짜다!) 실상 멍청하기 짝이 없는 나 같은 사람이 후자와 친해지려면 달리 왕도가 없다. 머리가 처지면 손발과 엉덩이를 써야 한다. 인용하기 좋은 멋진 문장 몇 개 베껴 적는 걸로는 충분치 않다. 대입 공부하듯 노트를 만들고, 책의 구조도를 직접 그려보고, 내용을 요약하고, 주석을 달고, 밑줄을 긋고, 형광펜을 칠하는 동안 그것을 깨달았다. 그리하여 열여섯 번째 독서에 이르러서야 나는 방금 대체 무슨 문장을 읽은 건지 15초마다 한 번씩 앞으로 돌아가 다시 읽지 않고도 그 책 한 권을 끝낼 수 있게 되었다. 산속을 헤매는 몽유병 환자처럼 책 속에서 길을 잃어본 적이 없는 사람이라면 새겨들을 필요 없는 소리다. 하지만 내게 이것은 꽤나 놀라운 경험이어서, 비록 내 손주의 손주의 손주가 3,080만 달러를 벌지 못하더라도 계속 노트를 만들어갈 가치가 있다는 결론을 내렸다.

시인이자 영문학자인 이하윤은 수필 〈메모광〉에 이런 문장을 남겼다.

쇠퇴해가는 기억력을 보좌하기 위하여, 나는 뇌수의 분실分室을 내지 않을 수 없었던 것이다.

나와 세상의 지식들 사이에도 호젓이 만나 오래 머물 별도의 방이 필요했던 모양이다.

아웃사이더
　　보호 구역

느슨하고 아름다운
저녁들을
되새기는 곳.

'행복'이라는 말을 구체적인 정황으로 서술할 수 있다면, 나의 정서 밑바닥에 깔린 '행복'은 저녁 어스름이 질 때 슬리퍼를 끌고 비디오 가게에 가는 모습과 가장 비슷할 것이다. 오늘 치 할 일은 남아 있지 않다. 배는 약간 출출한 상태라 즐겁게 비디오와 함께할 메뉴를 구상할 수 있다. 작은 세탁소와 전파사, 구멍가게를 지나 비디오 가게에 도착하면 신작 코너를 둘러본다. 케이스에 쓰인 느낌표와 말줄임표가 뒤범벅된 줄거리를 읽고 있으면 가게 주인이 카운터에서 일어나 슬그머니 다가와서는 참견을 한다. 그 혹은 그녀의 취향은 대체로 나와는 맞지 않지만 조금은 참고가 된다. 나는 나의 선택을 기다리는 매력적인 배우들과 흥미진진한 이야기들 중에서 몇 가지를 골라 손에 든다. 그렇다. 그 시절의 영화는 손으로 만질 수 있는 것이었다.

그렇게 집에 데려온 영화들의 러닝타임을 모두 합치면 내게 허락된 여유 시간보다 항상 조금 넘친다. 파자마를 입고 군것질을 하면서 내가 취할 수 있는 가장 편안한 자세로 그것들을 감상한다. 때로는 누군가와 함께다. 비디오테이프는 디지털 파일처럼 쉽게 퍼 나를 수 없으므로 대신 인간들이 움직여야 했다. 영화가 시작되면 우리는 모든 장면에 등장하는 모든 것들, 이른바 미장센에 끊임없이 토를 단다. 때로는 가장 심각하고 진지한 영화가 가장 웃긴 영화가 된다. 알맹이 없이 심각한 영화들이야말로 관람객들이 경쟁적으로 재치 있는 지적을 내놓을 수 있게 해주는 영감의 보고이기 때문이다. 영화는 비디오의 재생 버튼을 누르는 순간부터 시작되지만 그것을 둘러싼 황홀한 체험은 슬리퍼를 끌고 집을 나서는 순간 시작된다. 이것이 나를 얼마나 행복하게 만들어주었는가 하니, 나는 비디오만 틀었다 하면 어김없이 결말을 못 보고 잠이 들었다. 순수한 정신적 몰입에 수반되는 나른함을 이기지 못하는 것이다. 오죽하면 언니가 이런 말을 한 적도 있다.

"어떻게 비디오만 틀면 잠드는 너 같은 애가 영화기자가 됐냐?"

그러게 말이다. 어쨌거나 나는 희대의 미남들이 등장한다는 소문에 〈아이다호〉(1991)를 찾아 결코 문화적이라고는 할 수 없는 공업도시 포항의 모든 비디오 가게를 헤집고 다니고, 〈나인 하프 위크〉(1986)와 〈원초적 본능〉(1992)으로 셀프 성교육을 하고, 〈나

뺀피〉(1986)를 보면서 프랑스에서는 감독이 저렇게 지루한 영화를 만들고도 숭배의 대상이 될 수 있다는 사실에 감동받고, 100대 1로 일본군을 무찌르는 진진처럼 도무지 끝날 기미가 안 보이는 중국 무협 드라마들을 해치우기 위해 밤마다 사투를 벌이는 여고생이었다. 그 느슨하고 아름다운 저녁들은 이제 〈인사이드 아웃〉(2015)의 주인공이 빙봉과 함께 보낸 어린 시절처럼 돌아갈 수 없는 인생의 추억 더미 속에 영영 묻혀버렸다.

이제 내게 그 시절 영화를 대하던 기분을 그나마 되새기게 해주는 것은 종로의 예술영화관들이다. 집에서 평일 오후 느지막이 일어나 슬리퍼를 끌고 어슬렁어슬렁 걸어갈 수 있는 거리에 씨네큐브와 스폰지하우스(2016년 폐관)와 에무가 있다. 조금 더 힘을 내서 종로3가의 서울아트시네마나 허리우드극장까지 걸어갈 때도 있다. 예술영화관들은 대체로 시설이 나쁘다. 객석 경사도가 낮아서 앞사람의 머리에 그나마 크지도 않은 스크린이 절반쯤 가리거나 사운드가 뭉개지기 예사다. 하지만 덜 상투적인 영화들을 틀고 덜 시끄러운 관객들이 온다. 요즘은 상황이 좀 나아지긴 했지만 그곳에서 트는 영화들은 VOD로 출시되거나 케이블 영화 채널에서 공짜로 볼 수 있기까지 시간이 좀 걸린다. 아예 부가 판권이 팔리지 않는 경우도 많고, 설령 TV에서 공짜로 볼 수 있다 해도 좀

처럼 집중이 안 되는 경우가 많다.

예컨대 나는 영화 〈Incendies〉(2010)를 부산국제영화제에서 처음 보았을 때 육중한 트럭이 심장을 치고 지나간 것처럼 충격을 받아 한동안 그 영화에 대한 생각 말고는 아무것도 할 수 없었다. 〈그을린 사랑〉이라는 제목으로 개봉하자 씨네큐브에 가서 재관람도 했다. 하지만 TV에서 채널을 돌리다가 이 영화를 마주친다면 끝까지 집중해서 볼 자신이 없다. 모든 여자들의 내면에 도사린 공포를 가장 지능적이고 서늘한 방식으로 그려낸 영화다. 내 인생에 가장 큰 정서적 울림을 안겨준 그 같은 영화를 다시 만날 기회를 잃지 않기 위해, 나는 최소한 일주일에 한 번은 집 주변 극장들의 상영 시간표를 챙겨 본다.

아침에 깨어 있는 날은 주로 멀티플렉스 극장에 조조영화를 보러 간다. 새벽까지 잠이 오지 않다가 그제야 졸음이 쏟아지는데 순순히 잠들어버리면 하루 일과를 망칠뿐더러 다음 날도 똑같은 하루가 반복되기 때문이다. 그럴 때 더 피곤해지지 않고, 잠들지도 않고 시간을 보낼 수 있는 곳이 멀티플렉스다. 이렇게 말하면 그건 감동이 아니라 심장병 아닌가 의심하는 사람도 있겠지만 나는 〈아바타〉(2009)를 처음 아이맥스 3D로 극장에서 봤을 때, 충격으로 심장이 두근거렸다. '아, 내가 살아서 이런 걸 보는 날이 다 오는구나'라는 뿌듯함으로 가슴이 뜨거워졌다. 아이맥스로 몇 번 더 봤다. 〈그래비티〉(2013)와 〈매드맥스: 분노의 도로〉(2015)도, 〈다크 나이트〉(2008)와 〈인셉션〉(2010)도 극장에서 두 번 이상 본 영화들이고, 두 번째 이후부터는 대부분이 조조였다. 언제 곯아떨어질지 모르는 상황이니 확실히 재미가 보장된 것을 보겠다는 심산이다.

조조영화로 마음에 드는 작품을 만난 날은 기분이 좋아서 한참 동안 거리를 쏘다닌다. 졸음이 싹 달아나서 맛있는 것도 먹고, 산책도 하고, 반쯤은 공적이고 반쯤은 사적인 관계의 사람들을 회사 앞으로 불러내 미팅을 빙자한 티타임을 갖기도 한다. 그런 날은 피곤해서 일찍 잠이 든다. 한동안은 정상적인 수면 사이클이 유지되어 조조영화를 보지 못한다. 예술영화관과 조조영화관은 내 일상을 이리저리 튕기고 주고받으며 굴러가게 만드는 핀볼 게임의 지렛대인 셈이다.

이곳들이 좋은 또 다른 이유는 게으른 싱글이 혼자 놀기에 적합한 장소라는 점이다. 예술영화관에는 데이트를 하러 온 커플보다 영화 자체가 좋아서 온 사람들이 많다. 조조영화관에는 혼자 좀비처럼 스스륵 들어왔다가 스르륵 빠져나가는 나 같은 사람이 대부분이다. 만약 누군가 큰소리로 "영화를 어떻게 혼자 봐?"라고 말하면 그게 무슨 뜻인지 이해 못 해서 어리둥절한 얼굴로 쳐다볼 사람만 있는 공간에서 영화를 본다는 건 커플로 가득한 주말 저녁 멀티플렉스에서 천만 영화를 보는 것과는 전혀 다른 아늑함을 준다. 내게 영화란 여전히 '체험'이고, 제 옆에 앉은 사람보다 영화 자체에 애정이 더 큰 관객들이 뿜어내는 건조하면서도 지적인 에너지는 한 편의 영화를 더욱 풍성하게 만들어준다. 이곳에서 우리는 모두 혼자인 채로 함께다.

내가 사랑한
루저들

그것은 결코
당신이
못나서가 아니다.

'이번 생은 틀렸어.'

　가끔 이런 생각이 들 때가 있다. 천하의 빅뱅도 '거울 속의 너'를 향해 '루저, 외톨이, 센 척하는 겁쟁이, 못된 양아치, 상처뿐인 머저리, 더러운 쓰레기'라고 노래를 부르는데 나 같은 시정잡배야 오죽할까. 한밤에 일어나 흑역사를 떠올리며 이불을 걷어차고, 자존감이 바닥을 치고, 사람으로 태어나 이렇게 외로워도 되나 의문이 들고, 모든 사람이 나를 비웃는 것 같고, 짧지 않은 인생에 아무것도 이뤄놓지 못한 것이 부끄럽고, 어쩌면 이런 식으로 수십 년을 더 살아야 한다는 게 지긋지긋해서 확 혀를 깨물고도 싶다. 그럼에도 우리가 죽거나 미치지 않고 살 수 있는 것은 영화가 있기 때문이다, 라고 감히 말해본다.

　영화는 망가지고 뒤틀린 인물들에 주목한다. 정확히는 인간이라면 누구나 가지고 있는 망가지고 뒤틀린 부분에 주목하는 것이다. 크고 작은 결함을 가진 주인공이 숫제 나락으로 굴러떨어지거나 제 안의 악마를 키워서 세상에 풀어놓거나, 기적적으로 치유되거나 혹은 적당히 타협하고 조금 더 나은 사람이 되는 모습을 지켜보면서 우리는 웃거나 울거나 두려워하거나 위안을 받는다. 내가 좋아하는 스토리는 현실적인 결함으로 가득 찬 소시민이자 아웃사이더가 그 자체로 자기 자신 그리고 사랑하는 사람들에게 받아들여지고, 굳이 성장하지 않아도 좋다는 깨달음을 얻음으로써 성장하는 이야기다. 쓰고 보니 자기합리화에 찌든 만년 루저의 판타지 같지만 별수 없다. 나는 늘 그런 인물들에게서 위안을 받고, 그들을 신경안정제 삼아 '이번 생은 틀렸어'라는 절망적인 생각에서 탈출하곤 한다. 그들을 일부러 희화화하거나 과장하지 않는 진지한 드라마라면 더 좋다.

예를 들면 라이언 고슬링이 주연을 맡은 로맨스(?) 영화 〈내겐 너무 사랑스러운 그녀〉(2007) 같은 작품이다. 주인공 라스는 결혼한 형의 옆집에 살면서 가족의 보살핌을 받는 숫기 없고 말수 적고 미숙한 청년이다. 직장 동료가 이성적 호감을 보여도 제대로 대꾸하는 법조차 모르는 '모태솔로'기도 하다. 그런 그가 사랑에 빠진다. 그의 첫 여자 친구 '비앙카'는 리얼 돌이다. 사람 모양 인형 말이다. 라스는 비앙카를 진심으로 아끼며 '보통의' 데이트를 한다. 주변 사람들은 라스의 정신건강을 걱정하지만 대체로 자신들이 아끼는 사람의 파트너로서 비앙카를 정중하게 대우한다.

데이비드 러셀 감독은 굳이 따지면 정상의 범주에 들지만 살짝 미친 인물들을 매력적으로 묘사하는 데 천부적인 재능을 가지고 있다. 그가 자신의 페르소나인 제니퍼 로렌스와 브래들리 쿠퍼를 공동 주연으로 기용한 영화 〈실버라이닝 플레이북〉(2012)은 사이코드라마의 주인공들을 로맨틱 코미디의 설정 안에 던져 넣고 무슨 일이 벌어지는지를 관찰한 작품이다. 남자는 아내의 외도를 목격하고 눈이 뒤집혀 사고를 치는 바람에 아내와 직장을 잃고 빈털터리가 되었다. 여자는 남편의 죽음 이후 괴로움을 잊기 위해 회사 내 모든 직원과 섹스를 했다. 현실에서라면 그들의 행동은 추문이 되어 평생 악랄하게 그들을 따라다닐 것이고, 매 순간의 행보를 망쳐놓을 것이다. 영화에서도 조금은 그렇다. 하지만 그들은 좌절하거나 징징대지 않는다. 그리고 서로를 발견해낸다.

노아 바움백의 주인공들은 조금 더 정상에 가깝지만 주변인들에게서 늘 "걔 좀 이상하지 않니?"라는 뒷담화에 시달릴 것 같은 인물들이다. 〈프란시스 하〉(2012)의 주인공 프란시스(그레타 거윅)는 자신의 꿈인 댄서가 되기 위해 어떻게든 뉴욕에서 버텨보려고 온갖 비굴한 짓을 하면서 친구들의 집에 빌붙는다. 〈위아영〉(2014)

의 중년 다큐멘터리 감독은 어린 힙스터를 따라하려고 갖은 애를 쓰고, 그를 질투하고, 끝내 그에게 이용당하고 갖은 망신을 겪은 끝에 자신의 세대가 저물고 있음을 받아들인다.

이들이 가진 결함은 페이스북이나 인스타그램에 스스로 소개할 만한 내용은 아니다. 하지만 세상에 이런 사람이 드물지 않다는 것을 우리는 안다. 우리가 매일 하는 고민은 지구 멸망이나 제3차 세계대전, 이웃집 연쇄살인마에 대한 것이나 존재론적 성찰이 아니라 일상에서 비롯된 미묘하고 치사한 것들이기 십상이고, 영화는 그것이 결코 당신이 못나서가 아니라고 말해준다. 그런 다음 우리에게 약간의 판타지를 선물한다. 갑자기 빗자루를 탄 영감님이 나타나서 사실 너는 머글이 아니라 마법 세계를 구하기로 예정된 영웅이라며 함께 모험을 떠나자고 제안하거나, 거미에게 쏘여 스파이더맨이 되거나, 복권에 당첨되는 식은 아니다.

그저, 외로워 죽겠다는 나의 응석에 온 마을 사람들이 애정으로 화답하고, 나만큼 이상해서 다른 사람과는 도무지 이어지기 힘들 것 같은 사람과 사랑에 빠지고, 오래 기다린 일자리를 얻고, 가족과 화해하고, 그럭저럭 자신을 받아들일 수 있게 되는 정도다. 내가 우울하고 힘든 날 혼자 보는 영화는 이런 것들이다.

그러게. 세상 다 그렇지 뭐, 별거 있나.

영화에서 배우는
혼자의 기술

"고양이를 빌려드립니다.
고양이, 고양이, 고양이.
외로운 분들께
고양이를 빌려드려요."

일본 영화 〈고양이를 빌려드립니다〉(2012)에는 치명적 매력을 가진 주인공이 등장한다. 문제는 그 매력이 고양이에게만 통한다는 것. 마당 딸린 그녀의 낡은 주택은 어느 구석으로 카메라를 돌리건 고양이로 북적인다. 가족도 없고 직업도 불분명한 그녀는 리어카에 고양이들을 싣고 개천에 나가서 영업을 한다.

"고양이를 빌려드립니다. 고양이. 고양이. 고양이. 외로운 분들께 고양이를 빌려드려요."

"꼭 너 같은 애가 나와"라는 선배의 말에 보게 된 영화였다. 주인공 사요코(이치카와 미카코)의 미모를 보니 과연 내 생각이 날 만하다. 믿거나 말거나. 하지만 사실 진짜 이유는 따로 있는 걸 안다. 사요코는 "올해야말로 결혼! 얼굴은 보지 말자!" 부르짖지만 별로 가능성이 없어 보인다. 워낙 자기 세계가 강하고 엉뚱하며 의욕도 별로 없기 때문이다. 사요코는 친구도 거의 없다. 그녀가 적막한 거실에서 고양이들에 둘러싸여 말없이 누워 있는 모습은 매우 외로워 보인다. 하지만 외로움이란 어느 정도는 피할 수 없는 것이라고 체념한 눈치다. 그저 막연한 희망을 품은 채 사소한 일에 집중하고, 자기만큼이나 외로운 사람들의 이야기를 들어주고, 고양이를 빌려주면서 하루하루 살아간다. 이 영화의 정서를 한마디로 말하면 '그러려니'다. '그러려니' 하니까 외로움도 견딜 만하고, 견딜 만하니까 남들처럼 살려고 발버둥치지 않고, 그러니까 계속 외롭다. '혼자'의 늪에 빠지는 사람들의 전형적인 패턴이다. 상관없다. 세상에는 고양이가 있으니까.

감독 오기가미 나오코는 〈카모메 식당〉(2005), 〈안경〉(2007) 등 소박하고 느린 삶을 다룬 영화들로 유명하다. 그녀의 영화는 단정하고 예쁘다. 따뜻하지만 한편 쓸쓸하다. 내용과 영상이 모두 그렇다. 〈고양이를 빌려드립니다〉는 주인공이 인간이 아니라 고양이들과 공동체를 이룬다는 점에서, 그중에서도 가장 쓸쓸하고, 가장 예쁘다. 이 영화의 온도는 나와 맞는다. 보노라면 나 역시 '그러려니' 하게 된다.

만일 의욕이라는 것을 병원에서 강제로 주입할 수 있다면, 사요코는 영화 역사를 통틀어 혼자 놀기 챔피언으로 꼽히는 아멜리에(오드레 토투)의 맞수가 될 수도 있었으리라. 영화 〈아멜리에〉

(2001)에서 그녀의 아버지는 의사였고 늘 바빴다. 어린 아멜리에는 오랜만에 느낀 아버지의 다정한 손길에 심장이 두근거렸다. 아버지는 그걸 심장병으로 오인해 아멜리에를 학교에 보내지 않는다. 어머니는 노트르담 성당에서 뛰어내린 관광객에게 깔려서 죽었고, 유일한 친구인 금붕어는 자살했다. 아멜리에는 외톨이가 되었다. 하지만 기죽지 않는다. 과일로 귀걸이 만들기, 풀피리 불기, 종이 오리기, 영화 보며 옥에 티 찾기, 사람 구경하기, 곡식 자루에 손 넣기, 물수제비뜨기, 파이 껍질 깨뜨리기 등 다양한 장난을 치며 부지런히 혼자 논다. 너무 부지런해서 강박처럼 보일 정도다. 그리하여 관객은 그 장난이 실은 외로움을 표현하는 아멜리에만의 언어라는 심증을 품는다. 성인이 된 후 아멜리에는 자신의 취미 생활에 은근슬쩍 타인을 끼워 넣기 시작한다. 우연히 습득한 물건 주인 찾아주기, 눈이 안 보이는 할아버지에게 풍경 묘사해주기, 짝사랑하는 사람에게 수수께끼 내기 같은 것들이다.

〈아멜리에〉에는 지치고 정서적으로 고립된 인물이 많이 등장한다. 그들은 저마다 사소한 일에 몰입하며 고독을 견딘다. 하지만 어쩐지 서로를 돕지 않는다. 아멜리에는 다르다. 방법은 서툴지만 조금씩 사람들에게 다가간다. 상대의 영역을 함부로 침범하지 않되 먼저 손 내밀기, 친절하기, 무기력해지지 않기. 그것이야말로 외로움에서 벗어나는 가장 효과적인 방법일 것이다.

뭐니 뭐니 해도 외톨이들의 로망이라면 바로 이 사람, 〈어바웃 어 보이〉(2002)의 윌(휴 그랜트)을 들 수 있다. 그는 아버지가 생전에 작곡한 캐롤송의 저작권을 물려받아 일도 안 하면서 호화롭게 먹고 산다. 얼핏 한심해 보이지만 나름대로 하루를 여러 유닛으로 나눠 계획적으로 노는 프로 독신남이다. 윌의 최대 관심사는 여자다. 하지만 한 여자에게 정착할 생각은 없다. 어느 날 그는 책임질 필요 없는 가벼운 상대를 찾아 싱글 부모 모임에 참가한다. 거기서 열두 살짜리 왕따 소년 마커스(니컬러스 홀트)를 만난다. 보통 영화라면 윌이 마커스의 어머니와 사랑에 빠지고, 자유와 사랑 사이에서 망설이다가 여자를 놓칠 뻔하고, 소년이 잔꾀를 부려서 둘을 재회시키고, 결국 셋이서 행복한 가정을 일구는 무난한 전개가 펼쳐질 것이다. 하지만 〈어바웃 어 보이〉는 평범한 로맨틱 코미디가 아니다. 영국식 불평불만 유머의 대가 닉 혼비의 소설이 원작인 만큼, 여기서는 누구도 가족이 되지 않는다. 하지만 주인공들은 서로로 인해 조금씩 성장하고, 덜 외로워지고, 함께 의지하게 된다. 윌과 마커스가 쏟아내는 촌철살인 대사들은 삶의 여러 대안을 돌아보게 만든다. 영화는 혈연이나 제도 대신 우정으로 느슨하게 묶인 이들 유사 가족에 지지를 보낸다.

영화 초반 윌은 "인간은 모두 섬"이고, 자신의 인생은 "앙상블 드라마가 아니라 나만 고정이고 게스트는 왔다가 떠나는 TV 쇼"

라고 말한다.

"TV, CD, DVD, 가정용 에스프레소 머신……. 아무튼 멋진 거라곤 하나도 없던 수백 년 전에는 인간이 서로 의지해야 했지만 요즘 같은 세상에 그럴 필요 없지. 나만의 작은 낙원을 꾸릴 수 있다고."

이게 윌의 주장이다. 하지만 마커스 모자와 엮이는 바람에 황당하고 귀여운 소동 몇 가지를 겪더니 이렇게 견해를 수정한다.

"모든 인간은 섬이다. 그 생각은 변함없다. 하지만 확실히 몇몇 섬은 수면 아래서 서로 연결되어 있다."

부럽다. 나도 물려받은 돈으로 낙원을 꾸려놓고 한껏 문란하게 놀다가, 나를 부모처럼 따르지만 내 자식이 아니니까 뒤치다꺼리 할 필요까진 없는, 심지어 니컬러스 홀트처럼 잘생긴 아이, 사심 없이 친구로 지낼 수 있는 이성을 만나서 행복한 이비자 체인을 건설하고 싶다. 시작이 달랐으니 이번 생엔 아무래도 어려울 것 같다. 조금 섭섭하지만 상관없다. 외로울 때면 나는 영화 속 친구들과 가상의 외톨이 연대를 맺고 낄낄거리며 이런 주문을 왼다.

그러려니.

아무것도
하기 싫은 날

아침 잠이 가장 달고
오후 잠은 약간 느끼하고
밤 잠은 칼칼하다.

영화 〈어바웃 리키〉(2015)는 나이 든 여성 로커 이야기다. 메릴 스트립이 젊은 날 풍운의 뜻을 품고 가정을 버렸으나 밤무대 가수로 전락한 주인공 리키 역을 맡았다. 어느 날 전남편 피트(케빈 클라인)에게서 전화가 온다. 그들의 딸 줄리(마미 거머)가 파경 위기에 처해 방황 중이니 도와달라는 거다. 리키는 20년 만에 가족을 만나러 간다.

사실 나는 이 영화를 그리 좋아하지 않는다. 당차게 떠났으면 보란 듯 성공해서 잘 살 일이지 왜 그리 초라해졌는지, 그토록 사랑한 자유를 얻었는데 굳이 가족에게 돌아가 화해할 필요가 있는지, 아무리 제멋에 사는 로커라도 여자라면 무릇 모성애가 있다는 지긋지긋한 판타지는 그렇다 쳐도 왜 예술가의 모성애를 좀 더 산뜻하게 그릴 순 없는지 불만이다. 메릴 스트립의 노래 실력도 아쉽다. 하지만 나는 이 영화에서 줄리가 등장하는 순간만은 아주 좋아한다. 줄리를 연기한 마미 거머는 메릴 스트립의 친딸이다.

얼굴도 닮았다. 그녀는 며칠을 안 씻었는지 옆에 가면 청국장 냄새가 날 것 같은 머리를 하고 꺼칠한 피부에 파자마 차림이다. 거꾸로 들고 흔들면 각질과 눈곱과 비듬이 폭설처럼 쏟아질 것 같다. 줄리는 남편이 바람난 걸 알고 삶의 의욕을 잃었다. 그 상태로 외출을 했다가 남편을 마주치기도 한다.

마지막 회사를 그만두고 한 달쯤 내 꼴이 딱 그랬다. 밤에는 침대에서, 오전에는 소파에서, 오후에는 거실 바닥에서 잔다. 사이사이 밥을 먹는다. 아침 잠, 오후 잠, 밤 잠은 맛이 다 다르다. 아침 잠이 가장 달고, 오후 잠은 약간 느끼하고, 밤 잠은 칼칼하다. 잠이라는 게 술과 비슷해서 한번 길게 자버리면 잠에 취해서 기운을 못 차리고 계속 자게 된다. 샤워와 청소는 도저히 못 견딜 때 한 번씩 하는데 경험상 닷새에 한 번이 적당하고 일주일이면 한계다. 씻고 나면 사흘 정도는 거리낌 없이 약속을 잡는다. 나가기는 귀찮으니까 주로 집에서 만난다. 그때 식량을 조달 받는다. 마침 겨울이라 나는 항상 극세사 파자마에 극세사 가운, 극세사 양말 차림이었다. 이건 너무 한심하지 않나, 뭐라도 해볼까 싶어 몸을 일으키다 스르륵 다시 누우며 생각할 때가 많았다. 좀 게으르면 어때, 몇 년 동안 그렇게 소처럼 일했는데, 에라 모르겠다.

특별한 일도 아니고 자랑거리도 아니다. 오래 묵은 사회생활의 독소를 빼는 자가치유법이라거나 이후의 삶을 성실하게 꾸려가기 위한 성찰의 시간 혹은 재충전의 시간이었다는 식으로 합리화할 생각도 없다. 실제로 전혀 아니었으니까. 그냥 아무것도 하기 싫었고, 아무것도 하지 않을 시간과 환경이 주어졌을 뿐이다. 시간과 환경이 주어지면 누구라도 그럴 것이다. 그 생활에서 벗어난 것도 '충분히 쉬었어. 이제 다시 시작이다!' 결심해서가 아니라 일거리가 들어오기 시작했기 때문이다.

만일 '이러다 영영 일이 끊기면 어쩌나, 밥벌이는 어쩔까, 자기계발이라도 해야 하나' 일말의 고민이라도 있었다면 쉽지 않았을 게다. 하지만 아무런 걱정도 없었다. 내 능력을 믿어서가 아니다. 나는 식물을 믿는다. 집에서 몇 번 허브와 상추를 기른 적이 있다. 식물의 생명력은 놀랍다. 흙, 물, 햇빛, 바람만 있으면 쑥쑥 자란다. 실내 텃밭을 사과 상자 하나 정도로만 가꿔도, 혼자서 먹는 속도가 식물이 자라는 속도를 못 따라가 낭패를 본다. 금세 무성해지는 텃밭이 무서워 식물 기르기를 몇 번이고 포기했다. 대한민국 국토의 대부분은 노는 산과 밭이다. 사회생활을 시작하고 오랫동안, 나는 들인 노력과 성과가 비례하지 않는 콘텐츠 제작이 아니라 답이 정해진 수학이나 공학의 세계에 살고 싶었다. 알고 보니 농사야말로 말 그대로 뿌린 만큼 거두는 세계였다. 고향에 계신 어머니는 늘 이런 말을 한다.

"우리 동네에서는 사람이 굶어 죽을 일이 없다. 바다 가면 고기 있제, 산에 가면 풀 있제, 할매 할배들 농사 짓기 힘들다꼬 놀리는 논 있제."

지독하게 일이 안 풀릴 때, 그냥 다 때려치우고 싶을 때, 미래가 불안할 때, 그 말을 떠올린다. 그럼 마음이 편하다. 물론 온전히 자급자족할 만큼 농사를 지으려면 몸이 으스러질 정도로 벅찬 노동을 해야 할 것이다. 하지만 이 한 몸 굶어 죽지 않는 게 목표면 어떻게든 살아질 거라는 막연한 믿음이 있다. 덕분에 나는 회사를 관두고 일없이 하루 열두 시간씩 자면서 마음 편히 게으름을 부릴 수 있었다. 그러고 보니 목표를 낮추는 게 속 편한 게으름뱅이로 사는 비결인지도 모르겠다.

〈어바웃 리키〉의 줄리는 그런 경우는 아니다. 그녀는 목표를 낮춘 게 아니라 부자 아빠 덕분에 미래를 걱정 않고 게으름을 부릴 수 있었다. 원인이 무엇이건 거지꼴로 빈둥거리는 데 자책감을 느끼지 않는다는 점에서 나는 줄리가 마음에 든다. 부모도 그녀를 다그치지 않는다. 네 상황이 불만이면 그걸 해결하려고 노력해야지 그렇게 자신을 놔버리면 어쩌냐, 라고 잔소리하지 않는 거다. 그런 가족이라면 환영이다.

실은 나만 해도 아무것도 안 하고 늘어져 있는 사람을 보면 화가

난다. 일하고 싶고 돈도 필요하다면서 막상 일자리를 소개해주면 여긴 이래서 맘에 안 들고 저긴 저래서 맘에 안 든다고 거절하는 동생들, 그 재능 나 주면 요긴하게 써먹을 텐데 지레 눈높이를 낮추고 한가하게 사는 아티스트들, 시간이 남아돌면서 일 좀 도와달라면 요리조리 빼는 후배, 소위 '자기 관리'라는 걸 하지 않아서 그 방만함이 얼굴과 몸에서 드러나는 사람, 현실은 팽개치고 몽상으로 도피하는 친구들을 보면 욱해서 잔소리를 한다. 그게 다 내 인생, 내 체력, 내 시간, 내 노동이 아니니까 하는 소리다. 들을 필요 없다. 시간이 지나고 보니 그들 대부분은 제 살길 찾아서 나보다 잘 살더라.

우리는 모두 한껏 게으르고 싶을 때가 있다. 모든 걸 놔버리고 두문불출하고 싶을 때가 있다. 그건 누구에게도 죄가 되지 않는다. 하지만 왠지 그러면 안 될 것 같은 느낌이 든다. 따져보면 이유가 없는 불안이다. 당장 하고 싶은 게 없으면 안 하고 살 자유가 있어야 꼭 해야 할 일 혹은 하고 싶지만 귀찮은 일을 하는 데 힘이 덜 든다. 그러다 망하면 또 어때. 상추 씨앗 한 봉지는 1,000원밖에 안 한다. 그거 하나면 사과 상자를 100개는 채운다. 그리고 우리에겐 햇빛과 바람과 흙과 물이 있다. 그것만은 누구에게나 공평하게 공짜다.

생각 없이
걷기

도심의 거리는
수백 개의 드라마를
동시에 틀어놓은
방송국 모니터룸 같다.

언젠가 캐나다에서 실종된 사람이 5년 만에 아마존에서 발견됐다는 뉴스를 봤다. 주인공은 정신분열증을 앓던 성인 남자로, 캐나다에서 미국을 지나 멕시코, 과테말라, 코스타리카, 콜롬비아, 베네수엘라, 파나마, 아르헨티나를 거쳐 브라질을 떠돌다가 마침 캐나다 출신 브라질 경찰을 만나서 가족에게 돌아갔다. 발견 당시 그는 맨발이었고, 소지품은 해진 옷가지 몇 벌이 다였으며, 돈은 한 푼도 없었다. 그동안 남자는 나무 열매를 뜯어 먹거나 구걸하거나 쓰레기통을 뒤져서 먹고살았다고 한다. 가족은 그가 부에노스아이레스에 있는 아르헨티나 국립도서관에 가고 싶다고 말한 적 있다며 그게 가출의 이유일 거라고 짐작했다.

　실제 그는 여행 도중 아르헨티나 국립도서관에 갔다가 신분증이 없어서 쫓겨났다. 그가 무슨 생각이었는지는 알 수 없다. 하지만 이 이야기를 떠올리면 기분이 좋아진다. 그는 걸인처럼 살았지만 한 곳에 머무르지 않고 계속 움직였다는 점에서 진정한 행려,

즉 나그네였던 것이다.

　나는 산책을 아주 좋아한다. 하염없이 걷고 싶다는 충동을 느낄
때도 많다. 어릴 때는 어느 날 문득 집을 나서서 세계의 끝까지 걷
는 상상을 자주 했다. 국토가 뎅강 잘리는 바람에 그래봤자 남쪽
으로 400킬로미터쯤 가서 바다를 보고 오는 게 전부겠지만 말이
다. 체력, 안전, 시간, 경제력 등 갖가지 핑계로 나는 국토대장정
을 미루고 있다. 하지만 가끔은 긴 산책을 한다. 주로 술에 취했을
때다. 부끄럽지만 나의 술버릇은 '걷기'다. 술만 마시면 이상하게
걷고 싶다. 그래서 새벽까지 술을 마시고는 한강 다리와 터널 들
을 지나고, 낯선 동네를 헤매다 가까스로 집에 도착하는 일이 종
종 있다. 길눈이 어둡기 때문에 영 엉뚱한 방향으로 가버릴 때도
있다. 다행히 서울은 술집과 편의점이 24시간 문을 열고 큰길마다
사람들이 있다. 그저 운이 좋았던 것일 수도 있지만 어쨌거나 여
태 큰 불상사는 벌어지지 않았다. 그렇게 걷다 보면 머리가 몸을
통제하느라 바빠서인지 잡스러운 생각과 감정을 잠시 잊는다. 무
념무상. 몸은 고단할지언정 뇌에는 그게 휴식이다.
　새벽에 일어나 숲을 걸을 때도 있다. 독립문에 살 때는 인근 안
산의 메타세쿼이아 길을 자주 찾았다. 산책로가 잘 되어 있어서
몸을 혹사하지 않고도 두세 시간은 족히 걸을 수 있다. 자연 속

을 걷는 건 지루한 일이다. 시야가 넓어지는 만큼 의외성은 떨어진다. 그 시야 안에 사람이 한 명도 없을 때면 외로움이 밀려온다. 하지만 내 몸을 위해 좋은 일을 하고 있다는 뿌듯함이 들고 숨쉬기가 편해진다. 그러니까 이건 몸의 휴식이다. 나쁜 생활 습관으로 혈관에 독소가 가득 찼다는 느낌이 들면 숲에 간다.

평소에도 산책은 자주 한다. 일을 보러 시내에 나갔다가 시간이 남으면 집까지 걷는다. 명동, 용산, 홍대 앞에서 종로까지 걷는다. 신기한 가게에 들르고, 모르는 카페에서 차를 마시고, 노점에서 군것질을 할 때도 있지만 대체로 아무 일 없이 걷기만 한다. 도심을 걷는 것은 피곤한 일이다. 공기도 나쁘고 시끄럽다. 하지만 거기에는 가장 큰 구경거리가 있다. 사람들이다.

바쁘게 걷는 직장인, 잘 차려입은 노인, 눈이 휘둥그레지게 멋진 여자와 남자, 서로를 탐색 중인 어린 연인들, 낮술 마시는 사람, 작은 물건 및 금융 상품, 종교, NGO 등을 홍보하는 사람들, 똑같은 교복을 저마다 다른 길이와 품으로 입고 깔깔대는 학생 무리를 마주친다. 때로는 무슨 우환이 있는지 길에서 큰 소리로 울거나 싸우는 사람도 있다. 도심의 거리는 수백 개의 드라마를 동시에 틀어놓은 방송국 모니터룸 같다. 나는 예고편만을 섭렵하며 빠르게 그 드라마들을 지나친다. 본편을 보려면 낯선 사람에게 말

거는 법부터 배워야 하는데, 나처럼 소심한 사람에게는 쉽지 않
다. 나는 다만 눈에 띄는 캐릭터 몇몇을 골라 나의 드라마에 은근
슬쩍 엑스트라로 끼워 넣는다. 그 정도도 괜찮다. 다양한 야외 로
케이션과 풍부한 캐릭터는 고품격 드라마의 필수 요건이다. 나는
산책으로 그것을 충족시킨다.

혼
자
여
행
하
기

/

언제나 한 사람 분의 티켓은 있다

당신 걱정이나
하세요

누군가와 같이 다니기
아까운 여자는 있어도
혼자 다니기 아까운 여자는 없다.

몇 해 전, 설 전날 제주도에 사는 친구를 만나러 갔다. 친구가 일을 하러 간 사이 딱히 할 일이 없어서 숙소 근처인 비자림을 둘러보기로 했다. 버스 정류장에 혼자 서 있는데 또 한 명의 여자가 배낭을 메고 걸어왔다. 그녀는 연휴를 맞아 혼자 여행을 왔고, 자기 같은 여행자가 어찌나 많은지 게스트 하우스마다 방이 없어서 매일 숙소를 옮긴다고 했다. 그래서 배낭을 어디 맡기지도 못하고 들고 다닌다고.

코가 떨어질 것처럼 추운 날이었다. 서로 친분을 틀 생각은 없었지만 같은 버스를 타고 도착했기에 비자림 안에서도 앞서거니 뒤서거니 돌아다녔다. 그러다 강원도에서 왔다는 가족을 만났다. 중년 부부와 10대 후반의 딸이었다. 부부 중 남자는 조기축구회 총무 타입의 수선스럽고 넉살 좋은 인물이었다. 그가 우리에게 말을 건넸다.

"혼자들 오셨어요?"

"네."

"아이고 왜 혼자 다녀요? 남자 친구 없어?"

"허허허."

어색한 웃음만 흘리고는 살짝 속도를 올려 그들과 거리를 벌렸다. 그러자 뒤통수에서 이런 말이 들려왔다.

"이 아가씨는 혼자 다니기 아깝다."

둘 중 누구에게 한 말인지는 굳이 이야기하지 않겠다. 다만 나는 순간적으로 혈압이 치솟았다. 한바탕 쏘아줄까 하는 망설임으로 나의 걸음이 느려지고 등 근육이 꿈틀거리는 걸 재빨리 간파한 그의 아내와 딸이 "아이참" 하고 그를 면박 주지 않았다면 천연기념물 374호인 비자림의 운명이 그날 어찌 되었을지 모를 일이다. 남자의 말은 두 가지 이유로 나를 불쾌하게 만들었다.

첫째는, 여자는 외모나 성적 매력이 최우선이고 남자에게는 그것을 평가할 자격이 있으며 그 채점 결과를 공표하는 것이 농담거리라고 생각하는 낡은 매너와 성 관념이다. 내용이 칭찬이든 욕이든 전혀 이성으로 대할 일이 없는 남자에게서 외모 품평을 듣는 것은 불쾌한 일이다. 더구나 그 주체가 잘 봐줘도 D$^+$급밖에 안 되는 기름진 중년 남자라면 더욱 그렇다. 그들은 여자들에게서 일상적으로 품평을 당해보지 않았기 때문에 거울을 보고도 자신이 얼마나 불쾌하게 생겨먹었는지 알지 못한다. 그 점이 가장 분하다. "너 못생겼어! 진짜 못생겼어! 토 나오게 못생겼다고!" 가끔은 그들에게 이런 말을 해주고 싶다.

또 다른 분노 지점은 일정한 나이대의 여자라면 연애 중이거나 결혼해서 남성과 짝을 이루는 것이 정상이며 그렇지 못하면 무능한 것이라는 선입견이다. 혼자 다니기 아깝다는 게 대체 무슨 소린가? 세상에 누군가와 같이 다니기 아까운 여자는 있어도 혼자 다니기 아까운 여자는 없다. 나는 그의 아내와 딸이 전자일 거라 생각한다. 그들에게 언젠가는 꼭 남편, 아버지를 따돌리고 혼자 여행을 다녀보시라 권하고 싶다. 세상엔 혼자여야 가능한 재미있는 일들이 아주 많고, 특히 여자 혼자일 땐 주책을 옵션으로 장착한 남자 말고도 유쾌한 인연을 얼마든지 만날 수 있다.

비자림에서 돌아오는 길, 이번에는 정류장에 네 명의 여자가 모였다. 모두 혼자 여행 중이었다. 설날인데 고향은 왜 안 가는지, 왜 혼자 여행하는지 따위는 서로 묻지 않았다. 우리는 서로의 여행 계획을 공유하고, 취할 정보를 취한 뒤 각자의 길로 흩어졌다.

다음 날 아침, 나는 문득 그녀들이 따뜻한 떡국은 한 그릇씩 먹었는지 궁금해졌다. 하지만 이내 고개를 저었다. 걱정하지 않아도 그들이 세상 가장 재밌게 잘 살 사람들이라는 걸 알기 때문이다.

관계도
짐이다

낯선 곳에서는 누구나 조금씩
예민해지기 마련이다.

사실 여행을 그리 좋아하지 않는다. 어떤 부분에서는 그렇다. 선택해야 할 것도 너무 많고 계획을 짜는 것도 귀찮다. 남들은 그 과정을 좋아해서 공항 갈 때까지가 여행의 하이라이트라고들 하던데 나는 그 전에 이미 지쳐버린다.

꼭 여행할 때만 그런 건 아니다. 카메라를 사야겠다고 결심하면 나는 카테고리별 인기 기종들을 조사하고 각각의 장단점을 리스트로 만들어 비교하고 필요한 경우 새로운 광학기술에 관한 논문과 제조사의 사회공헌 여부까지 찾아본 다음 구입할 모델을 결정한다. 그걸로 끝이 아니다. 해당 모델에 대한 국내외 온·오프라인 판매처의 가격을 비교하고 한국어와 영어로 된 구매 후기를 모두 찾아 읽은 끝에 간신히 결제한다. 한동안은 식탁을 사려다 각 기후대에서 생산되는 목재의 차이, 마감도료의 종류 및 유해성 여부, 가구 디자인의 역사까지 흘러가버린 적도 있다. 그걸 지켜보던 누군가는 어이가 없다는 듯 물었다.

"이번엔 식탁 주간이니?"

"아…… 네……. 뭐 그렇게 됐네요."

참고로, 그 난리를 친 끝에 내가 구입한 것은 10만 원짜리 이케아 식탁이었다.

그런 성격이다 보니 여행지 선정부터가 골치 아프다. 여행 잡지에 실린 멋진 사진이나 영화 로케이션, 다녀온 사람들의 추천에 혹해서 '그래, 저기야! 떠나자!' 불쑥 결심을 하는 것까지는 좋다. 이내 '기왕 가기로 한 거, 근처에 더 둘러볼 데는 없을까?' 고민한다. 가장 저렴한 항공권과 가성비 좋은 숙소를 찾아 인터넷을 헤매느라 며칠 밤을 새워놓고, 막상 신용카드 CVC 입력 단계에 가서 '이게 옳은 선택일까? 하루만 더 생각해볼까? 아 몰라, 머리 아파' 하고 컴퓨터를 끈 다음 자고 일어나 똑같은 일을 고스란히 되풀이한다. 내가 나 자신을 좋아하는 순간은 극히 드물지만 이럴 때만큼 끔찍하게 싫은 순간도 없다.

그러다 결국 진이 빠지면 조사 기간 동안 가장 눈에 자주 걸려 익숙해진 지역과 숙소 등으로 대강 예약을 해버린다. 그때쯤이면 여행 계획은 시작과는 아주 달라져 있다. 스페인에 가겠다고 계획을 짜기 시작했는데 막상 예약한 곳은 발리라든가, 칸영화제에 가려다 지구 한 바퀴를 도는 프로모션 항공권을 구매한다거나, 순천

갈대밭에 이는 바람 소리를 듣고 싶다더니 정신 차려보면 지리산 등산 짐을 싸고 있는 식이다. 여행에 대한 열정은 '그래, 거기야!'에서 '일단 가기로 했으니 가긴 간다만……'으로 퇴색한 상태다.

어찌저찌 출발을 해도 문제다. 일단 버스, 기차, 비행기 등 좁은 공간에 오래 앉아 있는 게 끔찍하다. 남미에서 다리 관절이 서너 개 더 있으면 좋겠다는 생각이 들 정도로 좁은 버스를 타고 포장이 되다 말다 한 길을 달려 열두 시간씩 이동할 때는 터미널에 도착할 때마다 반성했다.

'서울에서 부산까지 KTX 타는 것도 괴로워하던 과거의 내가 부끄럽구나. 돌아가면 만주 땅을 포기해버린 조상님들께 감사하며 국내 이동 다섯 시간 정도는 즐겁게 받아들이겠어.'

하지만 웬걸, 불평하는 습관은 금방 다시 재발하고 말았다.

여행지에 도착해서도 한동안은 흥이 나지 않는다. 겁은 많고 호기심은 적고 붙임성은 아예 없는 터라 낯선 곳에 덩그러니 떨어지면 스트레스가 몰려온다. 엄청난 짠돌이기 때문에 돈 주고 예약한 숙소가 내 집보다 쾌적한 경우는 별로 없다. 외국어 스트레스는 새삼 말해 뭘 해. 그리하여 여행을 떠나면 나는 늘 투덜거리고 자주 예민해진다.

그럼에도 여행은 자주 다닌다. 사는 게 치사하고 힘들어서 여기만 아니면 좋다는 생각으로 두어 번 긴 여행을 떠난 게 시작이었다. 여행이라기보다 일종의 도피였다. 그때도 물론 떠나기 전까지 지긋지긋하게 고민하고, 가서도 한동안은 투덜거리고, 예민하게 굴고, 의기소침해지기 일쑤였으며, 때로는 "내 인생에 두 번 다시 여행은 없다"고 선언했다. 그런데 마지막 여행을 다녀오고 몇 년이 흐른 어느 날이었다. 쏟아지는 일에 납작하게 깔려서 회사 책상에 엎드려 숨을 고르는데 문득 증강현실처럼 이국의 골목들이 눈앞에 펼쳐졌다.

'거기가 어디더라? 런던이었나? 파리였나? 아님 페루?'

나는 가만히 눈을 감고 여행의 기억들을 더듬었다. 대체 어느 결에, 어디다 저장해뒀는지 모를 낯선 도시의 공기, 냄새, 소음 들이 나를 휘감았다. 햇살 가득한 보르도의 포도밭, 사랑에 빠진 커플 수천 쌍과 마주쳤던 백야 기간의 모스크바, 두바이 사막의 모래바람 그리고 그 앞에서 홀로 침잠하던 시간들이 떠올랐다. 내게 아무 의미 없을 줄 알았던 순간들, 어차피 기억력이 나빠서 곧 잊고 말 줄 알았던 장면들이 불쑥 나를 잡아끌어 이곳저곳으로 데려갔다. 심지어 어둑한 거리에서 커다란 트렁크를 끌며 숙소를 찾아 헤매거나, 허기를 때우려 지저분한 시장에서 이름 모를 음식을 꾸역꾸역 삼킬 때의 초라한 기분마저 그리웠다.

'그 기억들 덕분에 내가 버티는구나.'

나는 그제야 여행의 의미를 깨달았다. 하지만 의미 있는 일이라고 해서 불평하지 말라는 법은 없다. 나는 여전히 여행의 많은 부분이 귀찮고 괴롭다. 혼자 다녀도 그 모양인데 마음 안 맞는 사람과 함께라면 괴로움은 두 배로 커진다. 천하에 다시없을 소울메이트라도 방심할 수 없다. 낯선 곳에서는 누구나 조금씩은 예민해지기 때문이다. 서로 경제관념이나 즐기는 방식, 식성이 달라서 싸우는 건 흔한 일이다. 여기에 예상치 못한 일이 더해진다.

언젠가 부산에서 후배와 3박4일 동안 함께 묵은 적이 있다. 그녀가 온 호텔방 안에 짐을 늘어놓는 바람에 화장실에 가려면 까치발로 장애물을 피해 다녀야 했다. 나는 잠자리가 너저분한 건 못 참는 타입이라 잔소리도 해보고 직접 치워보기도 했지만 소용이 없었다. 마치 마법처럼 그녀의 손끝이 스치면 모든 것이 무질서해졌다. 자기가 먼저 여행 가자고 해놓고 사사건건 "그래서 이제 뭐 해요? 어디 가요? 뭐 먹어요?" 나를 가이드처럼 부려먹는 어린 공주 때문에 열 받은 적도 있다.

그 밖에도 식당에 갈 때마다 "이 따위 것을 음식이라고 돈 받고 파는 요식업자는 퇴출시켜야 한다"고 목청을 드높이며 숟가락을 패대기치는 사람, 입만 떼면 험담을 늘어놓는 사람, 서비스업 종

사자를 포함해 만나는 모든 낯선 사람들에게 지나치게 고자세이
거나 비굴할 정도로 저자세인 사람 등 여행을 피곤하게 만드는 동
료는 셀 수 없이 많다. 물론 그들 역시 못마땅한 것이 있으면 입을
닫아버린다거나, 지나치게 많이 걷는다거나, 돈을 너무 아낀다거
나, 무계획하다거나, 의욕이 부족하다는 등의 이유로 나에게 화가
났을 것이다.

　몇 번의 경험 끝에 나는 '긴 여행은 혼자, 짧은 여행은 함께'라는
나름의 원칙을 정했다. 누군가와 숙식을 함께한다는 건 그 자체로
그 사람을 향하는 하나의 여행이다. 어떤 여행에 집중할 것인가에
따라 우리의 선택은 달라져야 한다. 만일 나의 여정에만 오롯이
집중하고 싶다면 여기 또 하나의 여행을 추가해 혼선을 빚을 필요
가 없다. 물론 긴 여행을 홀로 하는 것은 지독하게 외로운 일이다.
때로는 '이 아름다운 것을 혼자 봐야 하다니!' 통탄할 때도 있고,
끼리끼리 다니며 서로 사진 찍어주고 수다 떠는 여행자들을 처량
하게 바라보며 친구들을 그리워할 때도 있다. 낯선 도시에서 카
페에 모여 앉아 웃으며 식사하는 무리를 보고 눈물이 왈칵 쏟아질
뻔한 게 여러 번이다. 쳇, 서울 가면 나도 친구 있다 뭐, 그런 유치
한 생각을 할 때도 있다. 다음에 누군가와 함께 여행한다면 그때
는 더 참고, 더 기뻐하고, 더 의욕을 부려서 좋은 추억을 많이 만

들어야지, 다짐하기도 한다. 하지만 사실 그렇게 되지 않으리라는 걸 안다. 긴 여행을 함께할 수 있을 만큼 취향과 라이프 스타일이 꼭 맞고, 나의 변덕과 우유부단함과 무기력을 제어할 수 있을 만큼 대단한 사람을 발견한 적이 있다면, 그게 여자건 남자건 외계인이건, 아마 나는 이미 그와 결혼해서 이 책은 쓰지 않았을 것이다. '혼자가 싫다'와 '여행이 좋다' 중 나에게는 후자가 더 강렬한 동기이므로 혼자 하는 여행은 앞으로도 피할 수 없을 것 같다.

어느 선배는 나에게 이렇게 말했다.
"여행에는 눈썹도 짐이야."
맞다. 그리고 관계는 눈썹보다 훨씬 큰 짐이다.

디지털 노마드로
산다는 것

말리는 사람은
아무도 없다.

나는 지금 발리의 호텔방에서 이 글을 쓰고 있다. 동남아에서 겨울을 나는 것은 나의 오랜 꿈이었다. 3년 전 독감에 걸려 한 달 넘게 고생한 뒤로는 추위에 대한 공포가 더 심해졌다. 생각 같아선 매년 여름은 북유럽에서, 겨울은 동남아에서 나고 싶다. 말리는 사람은 아무도 없다. 문제는 돈이다. 나는 덮고 누울 게 밤하늘밖에 없어도 자유를 뜯어 먹으며 자족할 수 있는 히피 타입 여행자는 아니다. 그래서 5개월 여행에 옷은 한 줌만 싸면서 노트북을 챙겨 왔다.

　여행을 무척 좋아하는 친구는 노트북 한 대만 있으면 전 세계 어디서나 일할 수 있다는 이유로 번역가가 되었다. 결혼하고 아이 키우느라 계획에 차질이 생기긴 했지만 말이다. 내가 프리랜서로 사는 이유 중 하나도 비슷한데, 안타깝게도 수입이 변변찮아서 아직 북유럽에서 여름 나기까지는 요원하다. 하지만 동남아에서 겨울 나기는 그리 큰돈이 들지 않는다. 늦여름의 뭉근한 밤공기에

슬며시 찬 바람 한 줄기가 섞여든 것을 느낀 어느 날, 나는 정작 학생 때는 거들떠보지도 않다가 나이 서른 넘어서 내 돈 주고 장만한 지리부도를 컴퓨터 옆에 펼쳐놓고 조사를 시작했다. 그러고는 서울에서 내가 내는 월세와 공과금, 생활비 등을 따져봤을 때 수영장이 딸려 있고 매일 조식과 하우스키핑을 제공하는 발리의 호텔에서 생활하는 비용과 별 차이가 없다는 것을 깨달았다. 더구나 내가 하는 일은, 감사하게도, 지역에 구애받지 않는다.

일을 하며 여행을 다닌다는 것은 보통의 단기 여행자들이 못 보는 도시의 새로운 면을 짧은 시간 내에 접하는 계기가 된다. 한동안 출장을 많이 다닐 때는 간 김에 휴가를 붙여 해당 도시를 여행하곤 했는데, 여행을 시작하기 전에 원고부터 마감해야 했다. 그 때문에 LA, 런던, 모스크바 등의 국공립도서관 열람실을 체험해보았고, 그 후 여행지마다 일이 없어도 꼭 들러보는 필수 코스에 재래시장과 더불어 도서관이 추가되었다. 가본 중 가장 사랑스러운 곳은 모스크바에 있는 러시아 국립도서관이다. 유럽에서 가장 큰 도서관이고 세계에서는 미국 의회도서관에 이어 두 번째로 큰 규모다. 하지만 규모보다도 인상적인 것은 대문호를 잔뜩 배출한 나라의 국립도서관이라는 이름에 걸맞게 우아하고 아름다운 인테리어였다. 칸마다 뱅커 스탠드가 놓인 중후한 책상들은 내가 쓰고 있는 것이 '〈트랜스포머〉 출연진과 린킨파크 멤버들이 크렘린을 뒤집어놓은 날'이 아니라 《카라마조프의 형제들》인 것 같은 착각이 들게 했다. 나는 오직 이 도서관에 가기 위해 다시 모스크바에 갈 용의가 있다. 물론 간 김에 근처에 있는 푸시킨 미술관에 들러 마티스의 〈금붕어가 있는 정물〉을 다시 보는 일도 빼놓지 않을 것이다.

정반대로, 소박해서 매력적인 도서관도 있다. LA 변두리의 동네 도서관에 갔을 때는 로비에 자리를 잡고 앉아 잡지를 읽는 백인 노인과 헤드폰이 터져나가라 힙합을 들으며 만화책을 뒤적이는 흑인 청년들의 아이러니한 조화에 매료되었다. 곧 허기가 몰려오는 바람에 스타벅스로 자리를 옮겨서 원고를 마무리하긴 했지만 말이다.

도서관 투어는 국내에서도 계속됐다. 제주도로 여행을 갔을 때의 일이다. 아침에 차를 타고 숙소에서 나오던 중 잡지사로부터 전화를 받았다. 여행 전 써 보낸 원고의 글 양이 지면과 맞지 않는다며 줄여달라는 내용이었다. 저녁에 수정해서 보내겠다고 대답하는데, 옆에서 운전하던 선배가 갑자기 유턴을 해서 애월도서관으로 들어섰다. 알고 보니 그녀도 여행지에서 도서관에 들르는 취미가 있었고, 마침 내게 컴퓨터를 쓸 일이 생긴 데다 하필 우리 차가 도서관을 지나고 있던 것이다. 우리는 예정에 없던 그곳에서 한 시간여를 보냈다. 나는 공공 컴퓨터로 원고를 편집하고 그녀는 바다가 보이는 열람실에서 책을 읽었다. 3박4일 여행 중 가장 평화롭고 알찬 시간이었다.

나의 디지털 노마드 생활에서 가장 고무적인 성취는 2014년에 있었다. 마지막 회사를 그만두고 다시 프리랜서가 된 나는 노트북 한 대로 세계를 떠돌며 먹고사는 생활이 가능한지 제대로 시험해보고 싶었다. 그래서 10년 동안 신용카드를 써서 모은 마일리지로 지구를 일주하는 항공권을 구입했다. 터키, 프랑스, 포르투갈, 미국을 도는 코스였다. 여행 경비를 뽑기 위해 영화시, 패션지, 여행지, 사보 등 성격이 다른 네 개의 매체에 서로 다른 기획을 제안해 취재 스케줄을 짰다. 그런데 출발 전 짐을 싸면서 갈등이 몰려왔다. 이동이 잦은 여행에서 노트북은 큰 짐이다. 넣었다 뺐다를 한참 반복한 끝에 나는 노트북을 포기했다. 대신 블루투스 키보드와 스마트폰 거치대를 챙겼다. 뭐에 씌었는지, 하필 키보드는 분홍색으로 구입했다. 호텔방에 틀어박혀 글을 쓸 때는 상관없었다. 그런데 칸영화제 프레스센터에서 스마트폰을 들여다보며 분홍색 키보드를 두들길 때는 조금 민망했다. 심각한 얼굴로 컴퓨터에 코를 박고 기사를 쓰던 외국 기자들이 신기해하며 힐끔거린 건 기본이고, 몇몇 나이 지긋한 프레스는 내게 다가와서 묻기도 했다.

"그런 건 어디서 났어?"

급기야 깜빡 잊고 프레스센터에 키보드를 놓고 왔다 찾으러 갔을 때, 그걸 보관하던 스태프는 묘한 웃음을 지으며 이렇게 말했다.

"아, 그 '핑크'색 물건 말이죠?"

내 귀에만 '핑크'라는 말이 유독 크게 들린 걸까? 나는 마치 분홍색 미니 드레스를 입고 치와와를 안은 채 법대 강의를 들으러 간 〈금발이 너무해〉(2001)의 엘 우즈(리즈 위더스푼)가 된 기분이었다. 하지만 민망함은 정신력으로 다스리면 될 문제고 노트북의 무게는 불변하는 것이라 분홍색이 나의 프로페셔널리즘에 손상을 끼치건 말건 나는 꿋꿋이 이 물건과 함께하고 있다. 이걸로 노트북 없이 떠난 그 두 달간의 여행에서만 스물여섯 개의 원고를 썼고, 요즘도 마감 중 외출할 일이 있으면 어김없이 지참한다. 혹시 고장이라도 나면 엄숙한 검정 키보드로 바꿀 텐데 웬일인지 고장도 나지 않는다.

그러니 언젠가 관광지의 도서관에서 조그만 키보드를 펼쳐놓고 손가락을 씹는 미모의 여인을 만나면 인사를 건네주시라. 우리는 디지털이 인간에게 부여한 무한한 가능성에 대해 즐겁게 이야기를 나눌 수 있을 것이다. 당신이 분홍색에 크게 부정적인 인식을 가진 사람만 아니면 말이다.

어느 날 내가 사라지면
여기로 찾아와 줘

높은 고도 탓에 공기는 희박하지만
농밀한 햇살과 진득한 색감의
하늘과 호수를 볼 수 있는 곳.

월간지 마감을 하다 보면 그런 순간이 온다. 이미 체력이 고갈되어 불가능하지만 만에 하나 남은 기간 평소 세 배의 생산성을 발휘한대도 제 날짜에 일을 끝낼 수 없다는 계산에 도달하는 순간. 옛 선비들이 '시마'詩魔라 부르고 우리가 '그분' 혹은 '원고의 신'이라 말하는 어떤 초월자가 우리의 손가락을 조종해 지면을 때워주기를 기다리게 되는 순간 말이다. 그런 어느 날에 친구가 말했다.

"그냥 밀항을 할까 봐."
"어디로?"
"일단 밤차로 부산항까지 가서 가장 빨리 출발하는 배를 알아봐야지. 너는 어디로 가고 싶은데?"
"글쎄."

내세에 대해서라면 생각해둔 것이 있다. 나는 아마존의 나무늘

보나 사우스조지아의 남방코끼리바다표범으로 환생하기 위해 이번 생에 너무 많지도 적지도 않은 덕을 쌓을 예정이다. 혹시 너무 착하게 살아서 인간으로 다시 태어나버리면 곤란하다. 그런데 기왕 인간으로 태어나버린 이번 생은 어찌한단 말인가? 친구의 제안으로 나는 숨어 살기 좋은 몇몇 도시를 떠올려보았다. 그리고 한 군데를 정했다. 티티카카 호수 안에 있는 작은 섬마을 '이슬라 델 솔'이다.

이슬라 델 솔은 티티카카 호수 안에 있는 서른여섯 개의 섬 가운데 하나다. 크기는 14제곱킬로미터로 울릉도의 6분의 1 수준이다. 사실 그 섬에 들어가기 24시간 전만 해도 나는 그곳의 이름조차 알지 못했다. 오래전 이야기다.

페루의 푸노에 도착해 티티카카 호수를 처음 보았을 때, 엄청나게 실망했다. 거기는 정말이지 아무것도 없었다.

"티티카카를 보려면 섬으로 들어가야지."

식당에서 만난 현지인은 이런 조언을 했다. 하지만 귓등으로도 안 들었다.

"글쎄, 그럴 필요까지 있을까요? 또 뭔가 타야 한다는 게 내키지 않아요."

그는 매우 아쉽다는 표정으로 나를 선착장까지 안내해주었다.

작은 보트들이 빼곡하고 기름이 둥둥 뜬 평범한 부두 너머로 그림
엽서에서 보던 새파란 호수 한 조각이 보이긴 했다. 그게 다였다.
난생 처음 해보는 긴 배낭여행에 지친 데다 생각보다 혹독한 남미
의 겨울 날씨 때문에 여행은커녕 삶의 의욕마저 사라질 지경이던
나는 쓰러지듯 부둣가 벤치에 드러누웠다.

"이게 뭐야. 시시해."

그러곤 한동안 잠을 잤다.

나는 뉴욕에서 6개월간 지내다가 비자 만료 시기에 맞춰 20리
터짜리 배낭 하나 달랑 메고 남미로 떠나온 상태였다. 보는 사람
마다 그걸로 2개월을 버티겠냐며 대체 '그 책가방 같은 것' 안에 뭐
가 들었는지 궁금해했다. 정답을 말하자면 여름, 가을 옷가지 두
어 벌과 사나흘 치 속옷, 양말, 《론리 플래닛》한 권, 세면도구, 여
권, 지갑이 전부였다. 남미에도 겨울이 있는지 몰랐으므로 외투
는 챙기지 않았다. 무모하게 마추픽추를 걸어서 올라가는 바람에
고산병까지 걸리고 말았다. 여행에서 판단 착오로 그런 미친 짓
을 할 때가 있는데, 비바람 몰아치고 안개 자욱하던 2014년 어느
날 샌프란시스코 금문교를 걸어서 건넌 것과 더불어 내 여행 인생
2대 삽질에 드는 사건이 바로 마추픽추 등반이었다. 거길 걸어서
올라가는 사람은 거의 없고 내려오는 사람은 간혹 있었는데, 마주

치는 사람마다 내게 "스트롱 걸!"이라며 격려를 건넸다. 하지만 나는 전혀 '스트롱'하지 않았다. 단지 상식이 좀 부족했을 뿐이다. 아무튼 그때 나는 춥고 아프고 외롭고 뉴욕이 그립다는 것 말고는 아무 생각도 할 수 없었다.

전날 밤 바에서 만난 폴란드인은 잔소리를 한 바가지 늘어놓았다.

"너는 여행 속도가 너무 빨라. 좀 진득하게 보고 다닐 수 없어? 페루 지진 난 곳엔 가봤어? 거기 자원봉사하는 한국인도 많던데."

"귀찮아. 지쳤어."

"나스카에서 비행기는 탔어?"

"아니, 비싸더라고."

"나한테는 비싸지만 너한테는 안 비쌀걸. 한국은 세계 10위 경제 대국이잖아."

"뭣이라? 한국이 그런 나라였어? 난 몰랐어."

"웃기지 마. 대체 너는 여기서 뭘 하고 있는 거야?"

"그냥…… 시간을 보내고 있어."

그는 답답하다는 듯 한숨을 내쉬었다. 그러고는 티티카카 호수 안에 있는 낙원 같은 섬들에 대해 말했다.

"들어봐. 푸노에는 아무런 볼거리가 없어. 코파카바나로 가. 거기서 섬으로 들어가."

벤치에서 짧은 노숙을 하고 일어난 나는 그의 말을 떠올렸다. 너덜너덜해진 《론리 플래닛》을 뒤져 이슬라 델 솔이라는 이름을 발견했다.

'태양의 섬. 잉카의 신들이 탄생한 곳. 멋진데?'

결국 나는 코파카바나로 가는 버스에 올랐다.

당시만 해도 그 길을 다니는 버스는 한국 시골의 마을버스보다 못한 수준이었다. 밤에 한기를 느껴 깨어보니 성에가 잔뜩 낀 얇은 창에 바퀴벌레 두 마리가 달라붙어 있었다. 깜짝 놀라 소리를 지르자 옆에 앉은 원주민 아주머니가 웃으며 벌레를 잡아주었다. 다시 잠을 청하려는데 이번에는 뒷자리 사람이 자꾸 무릎으로 내 의자 등받이를 밀어내는 것이다. 나는 의자를 지그시 뒤로 젖히는 걸로 무언의 시위를 했다. 하지만 뒤쪽에서 더욱 강한 압력이 전해졌다. 참다못해 한 소리 하려고 돌아보았다. 그러자 손자인 듯한 꼬마를 무릎에 앉힌 할머니가 미안해 어쩔 줄 몰라 하며 연신 고개를 숙였다. 버스비가 모자라 가족이 포개 앉아 가는 듯했다. 나는 왠지 내 것도 아닌 그 가난이 슬펐다. 버스 밖으로는 전신주만 덩그러니 늘어선 척박한 땅이 끝도 없이 펼쳐졌다. 성급하고 이기적이고 불평불만만 많은 졸부 나라 망나니 같으니라고. 자책한 뒤 슬그머니 의자를 세우고 더없이 공손한 자세로 남은 여행을 계속했다. 아마 나는 그때 세상 무엇에 대해서건 슬퍼하고 자책하고 비관할 준비가 되어 있었던 것 같다.

이슬라 델 솔에서의 첫날, 부두에서 가장 가까운 호스텔에 방을 잡았다. 부둣가의 땅은 수면과 45도 경사를 이루고 있었는데, 그 비탈면에 혼자 위태롭게 선 집이었다. 함께 배에서 내린 사람들은 대부분 언덕 너머로 사라졌다. 호스텔 창밖으로는 그림엽서에서 보던 딱 그 티티카카 호수가 보였다.

나는 필름 카메라 시절 잡지 기자 일을 시작했다. 그 시절 안타까운 것은 아무리 외국 잡지에서 멋진 사진을 보고 "이런 감도로 찍어주세요"라며 부탁해도 사진이 그렇게 안 나온다는 거였다. 기자들이 알모도바르의 색감을 주문해도 결과는 늘 홍상수였다. 지금이야 포토샵으로 없는 풍경도 만들어내는 시대지만 그때는 그랬다. 사진가들은 항상 말했다.

"외국과 우리나라는 공기 질이 달라서 어쩔 수 없어."

그 말이 무슨 뜻인지를 그제야 깨달았다. 고도가 높아 공기가 희박한 대신 햇살은 농밀했고 하늘과 호수의 색감은 진득했다.

마추픽추에서의 경험을 교훈 삼아 천천히 호흡하며 느린 걸음
으로 마을을 향해 걸었다. 걷는다곤 하지만 경사가 가팔라 거의
땅에 달라붙어 기는 수준이었다. 언덕을 올라가자 작은 교회와 담
벼락이 낮은 농가들, 식당들이 나타났다. 맨 앞에 있는 식당에 들
어가 호수가 보이는 마당에 자리를 잡고 앉았다. 생선 요리를 주
문하자 임연수어구이 같은 것이 나왔다. 아, 이런 고향의 맛이라
니! 내가 맛있는 생선 요리 경연대회 심사위원이라면 늦가을 도루
묵구이와 함께 결승에 올릴 음식이다.

나는 밥을 먹고 맥주를 마시며 수평선 위로 노을이 지는 풍경
을 바라보았다. 바다만큼 크다고는 하지만 바다와 달리 큰 물결
이 없으므로 모든 순간이 정지 화면 같았다. 사위는 고요했다. 더
이상 고요할 수 없는 고요였다. 머릿속에서 떠돌던 말들까지 멎
어버린 완전한 침묵의 순간이었다. 이윽고 마을 위로 밤이 내렸
다. 나는 유체이탈하듯 자신에게서 한 걸음 떨어져 나의 호흡, 사
고, 감각 들이 이 거대한 대륙에 걸맞은 리듬을 찾아가는 것을 지
켜보았다.

물론 그러고도 나의 삽질은 계속되었다. 왜 아니겠나. 머리가
나쁘면 몸이 고생한다는 건 나를 위해 만들어진 말이다. 해가 완
전히 저물고 나서야 숙소로 돌아가기 위해 길을 나섰다. 그런데
바다를 향한 경사면에는 빛이 전혀 없었다. 하기야 마을의 1년 치

세금을 모두 모아도 가로등 하나를 세우기가 벅찰 것 같았다. 다시 말하지만 오래전 얘기다. 하필 달도 별도 없는 밤이었다. 저 멀리 등대처럼 서 있는 숙소 현관의 불빛 말고는 아무것도 보이지 않았다. 배터리가 다 닳아가는 휴대전화의 희미한 액정 화면에 의지해 넘어지고 구르기를 수차례 반복한 끝에 가까스로 그곳에 도착할 수 있었다. 그러고는 한 번도 깨지 않고 내처 잤다.

다음 날 아침, 눈을 뜨자 잠에서 깬 게 아니라 타임슬립을 한 기분이었다. 시공간의 불연속선을 지나 낯선 세계에 뚝 떨어진 것처럼 얼떨떨했다. 창을 열자 부드럽고 신선한 공기가 밀려들었다. 그제야 정신이 돌아오기 시작했다. 시계를 보았다. 오싹한 예감에 부두를 내려다보니 육지로 떠나는 여객선이 선착장에 정박해 있었다. 슈퍼맨이 공중전화에서 옷 갈아입는 속도로 짐을 꾸리고는 가방에 두 팔을 다 꿰지도 못한 채 허겁지겁 달려 나갔다. 하지만 배는 코앞에서 출발해버렸다. 섬에 갇혀버린 건가?

그 순간 나는 또 한 가지 멍청하고 비합리적인 아이디어를 떠올렸다. 이슬라 델 솔에는 두 개의 선착장이 있다. 전날 밤 묵은 곳은 육지와 가까운 선착장이었고, 섬의 반대편에 또 하나의 선착장이 있다. 배는 반대편 선착장에서 한동안 머물렀다 육지로 돌아나간다. 섬도 별로 안 커 보이는데 서둘러 걸으면 저쪽 선착장에서 배를 따라잡을 수도 있지 않을까? 그런 생각으로 배낭을 멘 채 길을 나섰다.

'설마'와 '혹시나'는 삽질러의 인생을 지탱하는 두 기둥이다. 나머지 두 개의 기둥에는 '역시나'와 '내가 그렇지 뭐'가 새겨져 있다. 역시나, 섬은 내 생각보다 훨씬 컸다. 언덕 하나를 넘어 섬의 가운데쯤 도착했을 때는 이미 기진맥진했다. 이제 그만 포기하려고 해도 구멍가게 하나 없는 곳이었다. 하지만 그때 저 멀리에, 나를 다시 인간 세계로 되돌려줄 자그마한 희망이 보였다. 원주민 전통 의상을 입은 새카맣게 그을린 소녀가 물가에서 빨래를 하고 있었다. (나중에 알아보니 티티카카 호수 안에는 아이마라 족이라는 토착민 5천 명이 살고 있으며 '티티카카'라는 이름도 그들이 부르는 명칭에서 따왔다고 한다.)

언덕을 미끄러지듯 달려 내려가 소녀에게 말을 걸었다.

"여기 택시 같은 거 없어요?"

소녀는 어리둥절한 얼굴이었다. 나는 손짓 발짓을 섞어서 구조 메시지를 보냈다. 나는 섬을 떠나기 위해 배를 타러 가다가 위기에 처한 천하의 바보 멍청이며 네가 지금 나를 도와주지 않으면 내일쯤 여기서 탈진해 쓰러진 시체를 보게 될 것이다, 라는 내용을 경제적으로 함축한 "택시?", "버스?" 같은 단어들이었다. 내 마음을 아는지 모르는지, 소녀는 대답 없이 수줍은 미소만 지었다. 그러더니 이내 어딘가로 뛰어가 버렸다. 혹시 내가 유괴범으로 보인 걸까? 이슬라 델 솔 새마을청년회 사람들이 몽둥이를 들고 나를 잡으러 오면 어떡하지? 약간 걱정하는 사이 소녀가 다시 시야에 나타났다. 역시 귀여운 잉카 의상을 입고 삿갓을 쓴 중년 여성과 함께였다. 아주머니 역시 미소는 살갑지만 매우 과묵한 분이었다. 그녀는 손짓으로 나를 이끌어 호수 한쪽에 묶인 나룻배로 데려갔다.

"아! 이게 티티카카의 개인택시군요!"

그녀는 역시 대답 없이 웃어 보였다.

"감사합니다. 저의 구세주세요."

이번에는 한국어로 말해보았다. 그녀는 역시 대답 없이 웃었다. 그래서 나는 노를 젓는 그녀에게 계속 한국어로 말했다.

"이거 되게 재미있네요. 혹시 사진을 좀 찍어도 될까요?"

그러는 사이 우리는 반대편 부두에 도착했다. 나는 그녀에게 사례를 하고 호반에 내렸다. 아니나 다를까 육지로 나가는 배는 이미 떠난 후였다. 크게 안타깝지는 않았다. 다만 '내가 그렇지 뭐'라는 생각이 잠깐 머리를 스쳤다.

나는 호숫가의 허름한 전통 가옥 사이를 거닐며 그날 밤 묵을 곳을 찾아보았다. 처음 발견한 게스트 하우스는 수도가 없는 곳이었다. 양동이에 받아둔 물로 세안과 양치를 해야 했다. 작은 간이침대 한 개가 놓인 방에서는 초등학생 때 체육 선생님 자취방에 심부름 갔다가 맡아본 뒤로 약 20년간 잊고 지낸 엄청난 홀아비 냄새가 났다.

"오, 독방이군요! 좋습니다!"

나는 냉큼 그 방을 선택했다. 어차피 더 나은 숙박 시설이 그 섬에 있을 거라고 기대하기 힘들었다. 짐을 부려놓고 늦은 점심을 먹으러 나갔다. 저쪽 부둣가와 달리 이곳은 호안선이 완만하고 얕은 개울이 있어서 훨씬 아늑했다. 호숫가에는 털이 덥수룩한 돼지 가족과 당나귀, 개들이 한가롭게 똥도 누고 먹이도 찾으며 돌아다녔다. 식당에서는 속세를 잊은 듯한 서양인들이 식사를 하고 있었다. 가슴까지 턱수염을 기르고 머리를 땋은 로빈슨 크루소 같은 남자들과 수공예 액세서리를 주렁주렁 걸친 섹시한 히피 여자들이었다. 모두 여기 있지만 어딘가 먼 곳을 보는 듯한 눈빛이었다. 부러웠다.

'쟤들은 분명 텐트를 가져왔을 거야. 거기는 홀아비 냄새가 좀 덜 나겠지?'

나는 임연수어를 닮은, 정체를 알 수 없는 생선 요리를 시키고 가장 자신 있는 스페인어를 덧붙였다.

"세르베사(맥주)!"

한동안 맥주를 마시며 눈앞에 펼쳐진 세계에서 가장 높고 광대
한 호수를 바라보았다.

잉카인들은 이 섬에서 태양과 달이 태어났다고 믿었다. 태양신
'인티'는 최초의 잉카인이 티티카카 호수에서 솟아나도록 명령했
고, 그 인간은 북쪽으로 가서 잉카의 수도인 쿠스코를 세웠다. 그
래, 여기가 아니면 대체 어디겠어? 뭔가 태어나기에 딱 알맞은 곳
이군. 나는 인간의 형상을 한 태양의 신과 달의 신이 손을 잡고 해
변을 거닐고, 작은 아이가 수면 위를 아장아장 걸어와서 그들의
품에 안기는 모습을 그려보았다. 나의 인간적인 상상 속에서 잉
카 신들의 모습은 그리스 신화 속 그것과 비슷했다. 조금 더 솔직
하자면, 브룩 실즈가 열다섯 살 때 찍은 〈블루 라군〉(1980)과도 비
슷했다. 아무래도 잉카에 대해서 따로 공부를 좀 해야겠다고 잠시
생각했다. 그리고 결심했다. 다음에는 나도 꼭 텐트를 가져올 거
야. 그땐 오래오래 머물러야지.

안타깝게도 그 결심은 아직 이뤄지지 않았고, 그사이 이슬라 델
솔은 한국에서도 유명한 관광지가 되었다. 이따금 잡지에서 그곳
을 소개하는 기사를 보면 우울해진다. 마감이 싫어서 거기까지 도
망을 갔는데 관광객들이 스마트폰으로 찍고 LTE로 올린 인스타그

램 사진 귀퉁이에 옆모습이 포착되는 바람에 덜미가 잡히면 허탈하지 않겠는가. 오지만 찾아다니는 모험가들의 심정을 조금은 이해할 수 있는 순간이다.

직장인에게도
갭이어가 필요하다

언제, 어떻게 죽을지
알 수 없는 게 인생이기에.

여성지에서 '직장인에게도 갭이어GapYear가 필요하다'는 주제의 칼럼을 청탁받았다. 유럽에는 대학 입학 전에 1년 정도 여행을 다니며 자신을 탐구하는 문화가 있는데, 그것이 요즘 한국에서도 널리 퍼지고 있으며, 번아웃 직전의 직장인들도 고려해보면 좋겠다는 취지였다. 의뢰를 받고 가장 먼저 떠올린 것은 아르헨티나에서 만난 아이린과 마유미였다.

아이린을 만난 곳은 멋진 그라피티 월이 있는 부에노스아이레스의 호스텔이었다. 그녀는 홍콩에서 온 서른여섯 살의 편집 디자이너라고 자신을 소개했다.

"처음엔 1년 동안 여행했어. 그러다 돈이 떨어져서 다시 취직했지. 2년 동안 일해서 돈을 모았어. 또 그만두고 1년 동안 여행했지. 그다음에 또 취직을 했고, 또 여행을 왔어."

아이린은 영어가 서툴렀지만 성격이 쾌활해서 여행을 다니는 동안 많은 친구를 사귀었고, 그 호스텔에서도 단연 인기인이었다. 이튿날 그녀는 나를 아르헨티나 부자 친구의 클럽하우스에 데려갔다. 의외의 인맥이었다.

"이 아저씨가 홍콩에 출장을 왔다가 길을 잃었어. 그런데 아무한테도 물어볼 수가 없었대. 홍콩 사람들은 모두가 바쁘게 걷거든. 그 길에서 유일하게 느긋하게 걷는 사람이 나였어. 그래서 우리는 친구가 될 수 있었지."

남미에서 갭이어를 보내고 있는 영국, 독일, 미국 학생들, 군 제대 후 긴 여행을 떠나는 게 관례라는 이스라엘 청년들을 잔뜩 만났지만 가장 인상적인 건 그녀였다. 젊은이들이 풍경을 눈에 담느라 바쁠 때, 그녀는 여행의 자유를 삶의 태도에 융해시키고 있었다. 학생들의 갭이어와 직장인의 갭이어가 다른 점이 있다면 그런 것이리라. 아이린이 하필 그날 그곳에 묵는 바람에 나와 만나게 된 것도 그녀의 여유 넘치는 성격 덕분이었다.

"지난번 호스텔에 아주 잘생긴 남자가 있었어. 다음에 어디로 가야 할지 전혀 생각해둔 데가 없었거든. 그런데 그에게 어디로 가냐고 물었더니 부에노스아이레스라잖아. 그래서 나도 그럴 생각이었다고 말하고 따라나섰지."

그로부터 2주 동안 우리는 함께 여행을 다녔다. 그녀는 호기심이 많은 사람이어서 가는 곳마다 기념품을 잔뜩 사는 바람에 두 개의 배낭과 두 개의 쇼핑백, 둘둘 말린 포스터 꾸러미까지 들고 있었다. 어디로 튈지 모르는 그녀를 관찰하는 건 좀처럼 질리지 않는 취미가 되었다. 같은 동북아 문화권이라고 통하는 구석도 많았다. 〈해피 투게더〉(1997)를 촬영한 '바 수르'에서 탱고를 보면서 장국영에 대해 이야기하던 우리는 내처 우수아이아까지 동행하기로 했다.

파타고니아의 관문인 엘 칼라파테 버스 터미널에 도착했을 때, 우리를 맞은 것은 실연의 상처를 잊기 위해 떠나온 장첸이 아니라 수많은 떠돌이 개들과 또 다른 30대 동북아시아 여성이었다. 마유미는 일본에서 온 교사였다. 터미널 카페에 앉아 있는 그녀를 보자마자 아이린과 나는 만나기로 약속한 지인들처럼 당연하다는 듯 인사하고 자리를 섞었다.

요즘은 분위기가 다르겠지만 그때는 두 달 동안 남미를 떠돌면서 한국인은 딱 한 번 기차역에서 짧게 마주친 게 전부였다. 동양인 자체가 드물었다. 다른 인종으로 가득한 먼 대륙에서 오래 떠돌다 보니 중국, 일본, 홍콩, 대만 사람들이 그나마 친척처럼 느껴졌다. 명절마다 밥상 뒤집어엎으며 싸울지언정 남들보다는 일치하는 DNA가 많은 존재들인 것이다. 서로 역사가 뒤엉키고, 비

숫한 음식을 먹고, 같은 문자를 이해하고, 서로의 악센트를 알아
듣고, 비슷한 경제 수준에 도달해 있으며 같은 우상에 열광한 경
험이 있다는 사실은 우리를 보이지 않는 끈으로 묶어준다. 게다가
아이린, 마유미 그리고 나는 모두 회사를 때려치우고 혼자 여행을
떠나온 30대 중반의 여자들이었다. 마유미와 나는 함께 차를 마시
며 혼자 하는 여행의 고단함을 토로했다.

"내 인생에 여행은 마지막이야. 지긋지긋해."

"나도."

언제나 흥겨운 아이린만은 동의하지 않았다.

마유미와는 다음 날 다시 만나기로 하고 헤어졌다. 아이린과 나
는 숙소를 찾기 위해 터미널을 나섰다. 그러자 떠돌이 개 두 마리
가 우리를 따라 일어났다. 일시적인 호기심인 줄 알았는데, 녀석
들은 그 밤 내내 우리에게 접근하는 모든 개들을 싸워 물리치면
서 우리를 에스코트했다. 숙소 앞에서도, 카지노 앞에서도, 몇 시
간이고 엎드려 기다리다가 우리가 나타나면 짐짓 관심 없는 척 한
발 떨어져서 따라왔다. 덕분에 어두운 골목을 지날 때도 두렵지
않았다. 든든한 보디가드를 거느린 기분이었다. 마음이 설렐 정도
였다. 그들의 에스코트가 워낙 프로페셔널해서 여느 개들에게 하
듯 예쁘다 착하다 머리 한 번 쓰다듬고 끝날 일이 아니라는 것을

자연스럽게 알 수 있었다. 숙소에 들기 전 녀석들에게 음식을 사 준 것은 당연한 일이었다.

아이린과 내가 잡은 숙소는 아주 작고 허름했다. 벽이 어찌나 얇은지, 그날 밤 우리는 과민성 대장염이 의심되는 옆방 남자들의 방귀 소리에 웃느라 잠을 이루지 못했다.

다음 날 함께 모레노 빙하 투어를 마친 후, 아이린은 먼저 떠나 고 시간이 남은 마유미와 나는 차를 마시러 갔다. 엘 칼라파테는 큰 슈퍼마켓과 카페들, 부자들의 별장이 들어선 고급 휴양지였다. 카페는 낮인데도 어둑어둑했다. 길고 외로운 배낭여행 끝에 얼어 붙은 세계를 마주하고 마시는 따뜻한 차 한 잔은 우리를 금세 나 른하게 만들었다. 얘기를 하다 보니 실연의 상처는 아니지만 마유 미도 뭔가 잊어야 할 게 있긴 있었다.

"그가 간암으로 죽고 나서 나 자신을 원망했어. 그가 알코올 때 문에 망가져가는 걸 알면서 왜 술을 그만 마시라고 더 적극적으로 말리지 않았을까."

마유미는 자신의 멘토였던 남자에 대해 말했다. 그 일로 인해 그녀는 큰 상실감을 느꼈고, 일상을 지탱하던 평정심을 잃었으며, 더 이상 일을 계속하기가 힘들었다고 했다. 술에 대해서라면 나도 할 얘기가 있었다.

"내 큰아버지가 주정뱅이였어. 늘 술을 마시고 길에 누워 잠들 곤 했지. 그가 갑자기 죽었다는 소식을 들었을 때 친척들의 첫 반응은 모두 같았어. '술 때문에?' 하지만 아니었어. 그는 어부였는데, 그날따라 맨정신에 일을 하러 나갔다가 태풍에 휩쓸려 바다에 빠졌지. 시체를 찾는 데만 며칠이 걸렸어. '이럴 줄 알았으면 그 좋아하는 술 실컷 마시게 놔둘걸. 왜 평생을 구박했을까.' 장례식장에서 내 아버지는 엉엉 울면서 말했어."

그런 말이 마유미에게 위로가 되지도, 그녀의 자책을 덜어주지도 않았겠지만 적어도 한 가지 뻔한 진리를 상기시켜주는 효과는 있었다. 언제, 어떻게 죽을지 알 수 없는 게 인생이라는 것이다. 어차피 인생이 그런 거라면 먹고 싶은 거 먹고, 마시고 싶은 거 마시고, 하고 싶은 거 하며 사는 것도 나쁘지 않다고 우리는 합의를 보았다.

나중에 페이스북으로 확인한 결과, 그녀들은 여행을 마치고 각자의 나라로 돌아갔고, 두 사람 모두 이듬해에 결혼했다. 나보다 1년 뒤 엘 칼라파테에 다녀온 친구에게 물어보니 그 동네 개들의 에스코트 사업도 원활히 지속되고 있는 듯했다. 아이린은 적성을 살려 에코 트래블 코디네이터로 전업했다. 마유미는 2011년 아이를 낳았다. 동일본대지진이 일어난 해다. '내 인생에 다시 여

행은 없다'던 말과 달리, 그녀도 나도 틈틈이 여행을 다닌다. 이제
와 생각하니 무엇에 대해서건 끝을 말하기에 그때 우리는 너무 젊
었다.

가장 우아한 도시,
리스본

너무 느리지도
너무 빠르지도 않은 곳,
우아하고 친절하며
책을 읽는 사람들이 있는 곳.

외국에서 사귄 친구들은 자주 묻는다. 돈이나 언어, 비자 문제가 모두 해결된다 치고 한 도시를 선택해서 살 수 있다면 어디로 하겠냐고.

서울은 아니다. 나는 이 도시를 아주 좋아하지만 미세먼지 가득한 봄철의 공기는 견디기 힘들다. 대한민국 정부가 향후 10년 이내에 실효성 있는 정책을 내놓지 못하면, 나는 부산으로 이사를 가게 될 확률이 아주 높다. 그런데 만약 사태가 더 나빠진다면? 부산에서도 신선한 바닷바람을 쐬는 대신 매일 아침 미세먼지 농도를 체크하고 문을 꼭꼭 걸어 잠근 채 효능이 미심쩍은 공기청정기에 의지해 〈토탈 리콜〉(1990)의 화성인들처럼 살아야 한다면? 고심 끝에 내가 내린 답은 '리스본'이다.

포르투갈에 대해서는 별로 아는 게 없었다. 어쩐지 격정멜로일 줄 알고 본 〈리스본행 야간열차〉(2013)에서 1970년대 독재 정권에 맞서 시민들이 일으킨 카네이션 혁명을 알았고, 그들 못지않게 지난한 현대사를 겪은 국민이자, 386 회고소설의 전성기에 한국 문학을 전공한 사람으로서 홀로 그들의 정서에 동질감을 느낀 정도가 다였다. 과거 이슬람 제국의 통치를 받아본 지역인 만큼 여느 서유럽 국가들보다 다른 문화권에 대한 배타성이나 우월감이 덜하리라는 기대는 있었다. 유럽 관광지마다 널려 있는 고딕 양식 대성당과 바로크풍 성화들은 어릴 때부터도 큰 감흥이 없었을 뿐더러 이제는 질릴 대로 질렸다. 그럼에도 유럽 남부의 한 지역을 닷새 정도 둘러볼 기회가 생겼을 때 리스본과 포르투를 선택한 것은 순전히 스페인보다 볼 게 없으리라는 예상 때문이었다. 스페인은 가고 싶은 도시가 많으니 따로 시간을 내어 여행하리라 생각했다.

리스본 공항에 내렸을 때는 한밤중이었다. 지하철을 타자마자 곯아떨어졌다가 누군가 깨우기에 일어나보니 종착역이었다. 나를 깨운 것은 1970년대 동유럽을 배경으로 한 영화에서나 봤음직한, 삼각형으로 접은 빛바랜 스카프를 턱 아래 매듭지어 쓴 인자한 인상의 아주머니였다. 그녀 주변으로 소박한 옷을 입고 선량한 눈매를 한 사람 여럿이 호의적인 얼굴로 나를 내려다보고 있었다. 나는 아직 리스본 땅을 밟아보기도 전에 그 도시가 마음에 들었다.

알파마 지구는 듣던 대로 미로 같았다. 길 찾기의 난이도, 언덕의 경사, 건물들의 밀도가 이제는 없어진 염리동 소금길을 연상시켰다. 오래된 돌길에서 트렁크를 덜덜 끌며 한참을 헤맨 끝에 숙소를 찾았다. 마침 레알 마드리드와 아틀레티코 마드리드가 UEFA 챔피언스리그 결승에서 맞붙은 날이라 숙소에는 술 취한 스페인 젊은이들이 가득했다. 남미에서 우유니 소금사막을 여행할 때 볼리비아 운전수와 브라질 승객들이 각기 자기 말로 싸우는 걸 구경한 기억이 났다.

"너네 지금 각자 딴소리하는 거 아니야?"

"스패니시와 포르투기즈는 아주 비슷하거든. 천천히 말하면 다 알아들을 수 있어."

그들은 싸우다 말고 친절하게 나에게 설명해주었다.

이튿날 아침, 술 취한 스페인 젊은이들이 썰물처럼 빠져나가 조용해진 리스본 거리로 산책을 나섰다. 골목을 돌 때마다 작지만 매력적인 물건들을 갖춘 공방과 소박한 간판을 내건 레스토랑이 나타났다. 귀여운 트램이 수시로 곁을 스쳤다. 뚜렷한 목적이 없는 산책이었지만 길은 자연스레 리스본 대성당으로 이어졌다. 다행히 고딕도 바로크도 아닌 로마네스크 양식이었다. 12세기 그리스도교도가 이슬람으로부터 리스본을 탈환한 뒤 건축했으며, 1755년 대지진에서도 살아남았다는 유서 깊은 성당이다. 사실 육중한 벽체 가득 시커멓게 때가 앉아 그렇게 중요한 건물인지 모르고 지나칠 뻔했다. 제로니무스 수도원까지 더 걸었다. 그 유명한 에그타르트도 줄 서서 사 먹었다. 시내 중심가를 둘러보고, 1905년 오픈했다는 유서 깊은 카페에서 차도 마셨다. 하지만 내가 정말 이 도시를 사랑하게 된 이유는 따로 있다. 바로 거리 어디서나 볼 수 있는 작은 서점들이다.

　포르투갈에는 유명한 서점이 많다. 포르투의 렐루 서점은 조앤 K. 롤링이 《해리 포터》 시리즈를 구상한 곳으로 유명한데, 과연 호그와트의 축소판 같은 인테리어가 인상적이다. 리스본에도 아름다운 서점들이 있다. 1732년 설립된 버트란드는 '세계에서 가장 오래된 서점'으로 기네스북에 올랐다. 최근에는 폐공장을 개조해서 만든 모던한 서점 레르 데바가르가 관광객의 발길을 모은다. 그 밖에도 이름 없는 작은 서점들이 번화가 뒷골목 곳곳에 자리하고 있다. 각자의 역사와 아름다운 인테리어를 자랑하는 대형 서점들이 있고, 작은 카페가 들어설 만한 규모에도 그림책이건 요리책이건 여행책이건 콘셉트를 정해 새로운 책방을 짓는 나라라면 틀림없이 지성을 존중하는 사회일 거라는 믿음이 든다.
　내게 지성이 의미하는 바는 '안전'이다. 야만, 폭력, 차별을 옹호하기 위해 공들여 연구하고 논리를 만들어내고 책을 쓰는 사람들도 물론 있기야 하겠으나 몹시 효율성이 떨어지는 일이다. 대개의 책들은 작게는 저자 자신의 내면부터 크게는 인류 보편의 문제를 숙고한 흔적을 담고 있으며, 책을 쓴다는 것은 자신을 설득하고 그럼으로써 이해받기 위한, 가장 적극적이고 험난한 형태의 구애 행위다. 그것을 집어 드는 순간 독자 역시 타인의 경험과 사고를 기꺼이 수용할 만한 관대함을 지닌 사람이라는 것을 스스로 증명하게 된다. 그래서 나는 경찰과 군인이 많은 도시보다 도서관과 서점이 많은 도시가 더 안전하다고 느낀다.

언젠가 한 선배는 한의원에 갔다가 다른 사람보다 피가 느리게 돈다는 이야기를 들었다고 한다. 그녀의 느긋한 성품과 이상하게 잘 들어맞는 설명이라 웃은 기억이 난다. 사람마다 혈류 속도가 다르고, 그리하여 성품이 다르고, 삶의 리듬이 다르다면, 나의 리듬과 정서는 탱고나 파두 혹은 심수봉에 가까울 거라는 생각을 가끔 한다.

리스본이라는 도시의 리듬도 그랬다. 내가 살고 싶은 도시는 그런 곳이다. 너무 느리지도 너무 빠르지도 않은 곳, 우아하고 친절하며 책을 읽는 사람들이 있는 곳 말이다. 그리고 미세먼지가 없을 것, 어쩌면 그것이 가장 중요하다.

혼자 여행하는
당신을 위한 안내서

전문 추파꾼은
사절합니다.

이스탄불의 첫인상은 '무질서'였다.

동서고금의 문명과 자연이 뒤엉키고, 그 사이를 관광객과 장사꾼, 호객꾼 들이 가득 메우고 있었다. 아랍 스타일의 현란한 프린트가 새겨진 타일과 패브릭, 거리의 매대를 가득 채운 작은 수공예품, 폭포처럼 쏟아지는 온 세계의 언어들, 두툼한 윤곽선과 그림자로 강조한 촌스러운 상점의 타이포그래피에 비하면 지은 지 수백 년 된 톱카프 궁전이나 굴하네 공원이 오히려 모던했다. 가뜩이나 북적북적한 이스탄불을 더욱 정신없게 만드는 것은 혼자 걷는 동양 여자만 보면 무턱대고 추파를 던지는 남자들이었다.

가장 집요한 남자는 블루 모스크 앞에서 만났다. 아야소피아와 블루 모스크를 연달아 둘러보고 피곤해진 나는 정원에 앉아 음료를 마시며 쉬고 있었다. 그때 한 남자가 말을 걸어왔다. 나는 그의 영어를 거의 알아듣지 못했지만 한국 친구를 사귄 적이 있고, 그

녀를 따라 전주를 방문한 적이 있다는 등의 이야기에서 그가 '꾼'
이라는 사실을 알 수 있었다. 소매치기든 사기꾼이든 추파꾼이든,
하여간에 관광 산업의 그늘에 낀 이끼를 파먹고 사는 습지생물 같
은 존재인 것이다. 한참 동안 한국에 대해 자기가 아는 모든 것을
늘어놓던 그는 기념사진을 찍어주겠다고 했다. 그가 카메라를 들
고 튈까 봐 매우 불안했지만 근처에 다른 관광객들도 많기에 일단
카메라를 맡겨보았다. 내 사진을 찍어준 그는 자기와도 한 장 찍
자고 제안했다. 그러고는 은근슬쩍 어깨에 손을 올리고 뺨을 밀착
시켰다. 그리 유쾌한 기분은 아니었다. 슬슬 그가 귀찮아져서 다
음 행선지로 간다며 자리를 털고 일어났다. 그는 안내를 해주겠다
며 따라나섰다.

"아냐. 안 그래도 돼."
"괜찮아. 내가 오늘 휴일이라서 매우 한가하거든. 너는 이슬람
문화를 잘 모르잖니? 내가 모스크를 제대로 안내해준다니까."

'사양'과 '거절'을 구분 못 하는 건 국적이 아니라 성염색체의 문
제인 모양이다. 이만 가라고 해도 그는 계속 못 들은 척하며 오늘
밤에 뭐하냐, 가이드를 해주겠다, 친구네 파티에 데려가겠다, 저
녁을 대접하겠다 어쩌고저쩌고 하면서 옆에 붙어 따라왔다. 한참

을 옥신각신한 끝에 나는 오랫동안 잊고 지낸 마법의 단어를 기억해냈다.

"나 이제 '남자 친구' 만나러 가야 돼."

"뭐? 남자 친구가 있다고? 왜 처음부터 얘기 안 했어?"

그가 화들짝 놀라면서 화난 목소리로 물었다.

"오, 네 목적이 그런 거였니? 그럼 남자 친구 있는지부터 물어봤어야지. 안 그래?"

"진짜 남자 친구 맞아? 나 따돌리려고 하는 말 아니야?"

"네 의도가 뭔지 알았으니까 말해줄게. 혹시 남자 친구가 없더라도 너는 내 타입이 아니야."

"아 진짜 섭섭하네. 어디서 만나기로 했는데?"

"왜? 너도 같은 방향일 거 같아서?"

"아니, 그냥 궁금했을 뿐이야. 여행 잘 해라."

그제야 그는 혼잡한 광장 저편으로 사라졌다. 나는 반대 방향을 향해 도보 최고 시속을 경신하며 걸었다. 그리고 그사이에도 많은 남자들이 인사를 건넸다. 대부분은 외국인에 대한 가벼운 호의나 영업 행위였겠지만 습관적으로 전신을 훑는 불쾌한 시선도 많았다.

사실 이건 터키 남자들만의 문제가 아니다. 짧은 휴가를 틈타

단짝 친구와 고급 호텔에 묵으면서 쇼핑하고, 디자인 갤러리를 둘러보고, 트렌디한 카페에서 쉬는 식의 여행을 하는 친구들은 이런 이야기를 해줘도 믿지 못한다. 하지만 한번 집을 나서면 두 달이 기본이라 싸구려 숙소에 묵고, 로컬 식당을 이용하고, 유적지를 둘러보는 취미까지 있는 싱글 관광객에게는 전문 추파꾼들과 마주치는 게 드문 일이 아니다. 그들은 주로 관광안내서 첫머리에 나오는 도시의 대표적인 경관 앞에 서식하며 혼자 온 여자, 특히 동양 여자를 노린다. 어지간히 노골적으로 지분거려도 '아, 이 나라 문화는 그런가?' 하고 어리둥절하거나, 무례하게 보일까 봐 딱 잘라 거절하지 않기 때문이다. 언어가 서툴기 때문에 가급적 싸움을 피하려는 우리의 소심한 마음도 간파한 듯하다.

전문 추파꾼들의 또 다른 특징은 현지 연애 시장에서 전혀 경쟁력이 없는 남자라는 것이다. 비아그라 없이는 발기가 안 될 것 같은 백인 노인, 제대로 씻지 않아 땀 냄새가 풀풀 나는 가난한 이민자, 원어민이지만 혀가 늘어져서 제 이름도 발음 못 하는 마약 중독자, 여행자라면 모름지기 아무하고나 잘 준비가 돼 있으며 백인은 위대하니까 아시안에게 무조건 받아들여질 거라 착각하는 망할 놈의 '화이트 트래시' 등이다.

그들에게 제1세계 언어를 구사하는 백인 여자는 어려운 존재다.

그 주제에 은근히 가난한 나라 여자는 깔보고, 선진국 언저리에 있는 한국 여자 정도면 사귀어볼 만하다고 생각하기도 한다. 나는 이런 남자들을 에펠탑 앞에서도, 리우데자네이루 해변에서도, 밴쿠버 다운타운에서도, 뉴욕 유니언 스퀘어에서도, 쿠스코의 클럽에서도 만났다. 그리고 그들이 내게 어떻게 접근했는지를 알려주면 현지 여자들은 놀라서 눈이 휘둥그레진다. 그 결과 이제 관광지에서 먼저 말을 걸어오는 남자들에게는 불친절하다 싶을 만큼 야멸차게 대꾸하는 버릇이 생겼다.

가장 최근 사례는 싱가포르의 싸구려 호텔에서였는데, 캐나다에서 왔다는 그 백인 남자는 나를 보자마자 발정 난 수캐처럼 졸졸 따라다니더니 급기야 만난 지 5분 만에 귀에다 대고 뜨거운 숨을 불어넣으며 오늘 뭐 할 거냐고 속삭였다. 순간 화가 치밀어서 "너 지금 나한테 너무 가까이 서 있어. 떨어져!"라고 경고했는데 그가 너무 서둘러 도망치는 바람에 더 세게 응징하지 못한 게 분해 하루 종일 아무것도 할 수 없었다.

궁금하다. 혹시 한국에도 경복궁 앞에서 하루 종일 죽치고 앉아 있다가 혼자 온 관광객에게 억지로 치즈버거 한 개 사 먹인 다음 대뜸 섹스하러 가자고 제안하는 남자들이 있을까? 그런 부류들이 현지 여성의 눈에 띌 일은 거의 없으므로 나는 아마 결코 그 답을 알 수 없을 것이다.

하지만 한국 남성들이여, 제발 그러지 않기를 빈다. 내가 오죽하면 그랜드 바자르에 들러 싸구려 은반지라도 하나 사서 끼어야 하나 고민했다. 그리고 다음 이스탄불 여행은 꼭 누군가와 함께할 거라고 다짐했다. 그렇다. 나는 아직 이 도시를 포기하지 않았다. 다만 다음 여행에서는 제발 누구의 방해도 받지 않고 평화롭게 유적지들을 둘러볼 수 있기를 희망할 뿐이다.

지리산에는
연애의 정령이 사나

정령이시여,
나에게도 온전한 1인분 치
인연을 좀 내려주세요.

　나는 지리산을 딱 두 번 가봤다. 한 번은 스무 살 때 남자 친구와 이별여행 비슷한 것으로 다녀왔다. 생각해보니 젊은 날 기운이 넘쳐서 별 쓸데없는 짓을 다 했구나 싶다. 또 한 번은 서른일곱 살 때였는데, 그때도 일이니 연애니 사방이 꽉 막힌 기분이라 머리를 식히러 갔다. 서른일곱 살도 여전히 기운이 넘칠 나이인 것이다. 두 번째 지리산 종주를 앞두고 당시 만난 지 얼마 안 된 남자 친구가 무지하게 심각한 척 폼을 잡으며 말했다.

　"걱정이네. 전에도 지리산에 다녀와서 사귀기로 한 여자가 있었는데, 등산하다가 남자를 만났대. 결국 그 남자와 결혼하더라고."

　묘한 기시감이 들었다. 머릿속을 헤집어보니 스무 살 때도 똑같은 말을 들었다! 그러니까 이별여행이랍시고 자기 취미 생활에 나를 끌어들여 폭우 속에서 2박3일 동안 생고생을 하게 만든 등산 마니아의 전 여자 친구가 지리산에서 만난 남자와 결혼했다고 했다. 혹시 그 여자가 그 여자인가? 아니면 지리산에 무슨 짝짓기 정령 같은 것이 사나? 만일 그렇다면 정령이시여, 나에게도 합해봤자 0.5인분도 안 되는 찌끄러기 인연들 말고 온전한 1인분 치 인연을 좀 내려주세요, 라고 빌면서 짐을 꾸렸다.

언제나 그렇듯 고민은 오래 했지만 막상 가려고 보니 전날 밤부터 귀찮음이 폭우처럼 쏟아졌다. 그냥 가까운 북한산이나 갈까, 라고도 잠깐 생각했다. 하지만 그럴 수 없었다. 지리산을 가기로 한 가장 큰 이유 중 하나가 바로 오래 묵힌 등산 배낭을 활용하는 것이었기 때문이다.

나는 쓸데없는 물건을 잘 사지 않는 편이다. 작은 집에 살고 이사를 자주 다니다 보니 물건들이 제 역할을 못 하고 처박혀 있는 꼴을 보면 대장 가득 숙변이 찬 것처럼 체증이 인다. 그래서 선풍기나 히터 같은 계절 가전도 안 산다. 준비 없이 떠난 남미 여행이후 한이 맺혀 사둔 50리터짜리 배낭은 나의 가장 심각한 숙변이었다. 배낭의 존재감은 3년 동안 날이 갈수록 커졌다. 그냥 되팔아버릴까도 생각했지만 한 번도 안 쓰고 판다는 건 자존심이 허락지 않았다. 그래서 지리산을 떠올리게 된 것이다. 마침 사놓고 별로 안 쓴 등산화도 있었다. 음…… 내가 쓸데없는 물건을 안 산다고 말했던가?

내가 저지른 낭비를 인정하지 않겠다는 불순한 동기는 귀찮음을 이기지 못했다. 3박4일이 걸리는 종주 코스 대신 가장 짧고 편한 코스를 선택했다. 남들은 하루 만에도 다녀온다는데 그래도 짐은 싸놨으니 대피소에서 잠은 자고 오기로 했다. 버너와 코펠 대신 줄만 당기면 김이 펄펄 나면서 절로 따뜻한 밥이 되는 발열도시락과 김밥, 소주를 샀다.

경남 산청에서 버스를 내려 진입로까지 택시를 탔다. 산청엔 정말이지 감나무가 많았다. 서울의 시장마다 겨우내 산청단감 박스가 쌓여 있는 이유를 그제야 알았다. 그런 생각을 하는데 택시기사님이 구불구불한 산길에서 갑자기 차를 세웠다. 화장실이라도 가시나 했는데 길가의 감나무에서 커다란 홍시 다섯 개를 똑똑 따더니 차로 돌아왔다.

"산에 올라가면서 잡솨보소."

"에? 그렇게 막 따셔도 돼요? 주인 있는 감나무 아니에요?"

"길가 감나무에 '니꺼 내꺼'가 어딨습니까?"

나는 김밥을 담았던 검은 비닐봉지에 홍시를 받았다. 길은 가팔랐다. 어떤 길은 똑바로 걷기 힘들 정도였다. 배가 불러 먹지도 못하고 터질까 봐 가방에 넣지도 못하고 성의가 아까워 버리지도 못하는 홍시가 애물단지가 되었다. 행여 물러 터져 못 먹게 되었을까, 수시로 걸음을 멈추고 봉지를 열어본 건 물론이다.

터키 감독 누리 빌게 제일란의 영화 〈5월의 구름〉(1999)에 비슷한 이야기가 나온다. 극중 감독은 영화를 찍기 위해 자신의 고향인 시골 마을로 내려간다. 그곳에서 항상 날달걀 하나를 주머니에 넣고 다니는 아홉 살 소년을 만난다. 소년의 아버지는 돈을 벌기 위해 도시로 떠났다. 아버지 대신 보호자 역할을 떠맡은 숙모는 이 가련한 소년에게 40일 동안 달걀이 깨지지 않도록 주머니에 넣고 다니면 시계를 사주겠다고 약속했다. 감독은 소년에게 요령을 가르치려 든다. 일단 달걀을 버렸다가 40일 후에 다른 달걀을 숙모에게 보여주라거나 학교에 갈 때만이라도 어딘가에 숨겨두라는 식이다. 소년은 단호하다.

"그건 거짓이잖아요."

하지만 결국 달걀은 깨져버리고 소년은 시계를 갖고 싶은 마음에 거짓말을 한다. 그 사랑스러운 소년이 느꼈을 커다란 죄책감, 두려움이 짐작되지 않는가? 아마 나의 홍시도 곧 터져버리고 말 것 같다. 아니면 나의 참을성이 폭발하거나. 그럼 택시기사님에게도 홍시에게도 참 미안할 텐데. 아이참 지리산 왔다가 득도하고 가게 생겼네, 속으로 투덜거리는데 저 멀리 중년 남성 두 사람이 나타났다.

"아이고 수고하십니다."

국립공원 규모의 산에서는 다들 그렇게 인사한다. 저 좋자고 온 건데 수고랄 게 있나 싶지만 아무튼 그렇다.

"세석대피소 가는 길 맞나요?"

"맞습니다. 혼자 오셨나 보네?"

"네, 홍시 하나 드실래요?"

그들에게 홍시를 하나씩 건넸다. 그들은 고맙게 받았다. 조금 더 가려니 중년 여성 한 분이 나타났다.

"수고하십니다. 혼자 왔어요?"

"네, 내려가는 길이신가 봐요? 홍시 하나 드실래요?"

또 한 개를 처분했다. 좀 더 가니 중년 커플 한 팀이 나타났다.

"수고하십니다."

"저기…… 홍시 좀 드실래요?"

그렇게 나는 다섯 개의 홍시를 모두 처분했다. 그제야 홍시 맛이 궁금해졌다. 나는 감을 아주 좋아한다. 엄청 잘 익었던데……. 속으로 입맛을 다시며 계속 산을 올랐다.

대피소에서 운무를 바라보며 먹고 마시는 도시락과 소주는 과연 맛있었다. 하지만 등산 코스가 어찌나 짧던지 전날 밤 먹은 삼겹살이 미처 소화가 되지 않아 아주 큰 감동은 느낄 수 없었다. 게다가 숙소에서 빌린 이불은 눅눅했고 재래식 화장실은 무서웠다. 발을 헛디뎌서 화장실에 빠지는 장면과 그 뒤의 일들이 아주 세세하게 머릿속에 펼쳐졌다. 차마 여기서 묘사하고 싶지는 않다. 자다 깨다 하면서 간신히 밤을 보냈다. 17년 전엔 어떻게 이 모든 게 괜찮았을까? 기억이 잘 나지 않았다. 스무 살은 기운이 넘칠 뿐 아니라 비위도 좋은 나이인 게다.

지리산은 멋지지만 산에서 자는 일은 다시 없을 거라고 다짐했다. 지리산 둘레길도 충분히 좋다고 들었다. 당일에 종주 가능한 주왕산도 멋있다. 주왕산 아래에는 세상에서 가장 맛있는 동동주를 파는 가게도 있다. 설악산 초입에서 이탈리아 등산복 모델 같은 남자들을 마주치는 바람에 같이 간 여자들이 일제히 숨이 멎을 뻔한 적도 있다. 그 아래 버스 터미널 식당에서 파는 황태구이는 유네스코 세계문화유산 감이다. 세상에는 눅눅한 이불과 무서운 화장실을 견디지 않고도 즐길 수 있는 아름다운 산이 무척 많은 것이다.

빌 브라이슨의 《나를 부르는 숲》을 읽고 애팔래치아 트레일을, 리즈 위더스푼 주연의 영화 〈와일드〉(2014)를 보고 PCT(퍼시픽 크레스트 트레일)를 동경해왔지만 아마 거기도 화장실이 매우 친환경적일 거라 생각하니 역시 여행은 도시로 가는 게 좋지 않냐는 생각마저 들었다. 아직 지리산의 아침을 맞기 전 일이다.

다음 날 새벽 4시쯤 눈을 떴다. 더 이상 잠을 자는 건 무리일 것 같았다. 빨리 집으로 돌아가고 싶었다. 서둘러 밥을 먹고 첫 등반객 행렬을 따라나섰다. 한동안 아무것도 보이지 않았다. 헤드랜턴으로 발끝을 비추며 걸었다. 걷다 보니 동이 트기 시작했다. 먼 봉우리들에 붉은 윤곽선이 생겼다. 붉은 띠가 서서히 넓어지면서 어둠을 들어 올리더니 하늘이 짙푸른 색으로 변하고 검은 구름들이 느긋하게 흩어졌다. 사방은 탁 트여 있었고, 고도는 대지보다 구름에 가까웠다. 바로 이웃한 봉우리조차 아득히 멀었다. 그 자리에 멈춰 서서 하늘과 땅이 완전히 갈라지고 각각의 풍경이 제 색깔을 찾아가는 모습을 지켜보았다. 인공에서 파생한 단 한 개의 나노입자도 섞이지 않은 공기를 들이마셨다. 장엄하고 신선한 아침이었다. 왜 사람들이 가뜩이나 무거운 등산 배낭에 대포만 한 카메라를 얹어 오는지, 왜 예약도 힘들고 시설도 좋지 않은 대피소를 굳이 그렇게들 찾아다니는지, 왜 중국 부자들이 숲의 공기를 돈 주고 사서 마시는지, 몇 가지 의문이 풀리는 느낌이었다.

현란한 일출 쇼가 끝나고 주변을 돌아보니 그사이 내가 뒤쫓던 행렬은 어딘가로 사라지고 없었다. 이제 나는 혼자 걷고 있었다. 대피소 하나를 더 지나자 가파른 바위 길이 나왔다. 내려가는 사람보다 올라오는 사람이 많았다. 그들은 "수고하십니다" 대신 다른 인사를 건넸다.

"아이고 벌써 내려오세요?"

"엄청 빠르시네."

"대단하시다."

영문 모를 노릇이었다. 나, 너무 엄청난 산꾼처럼 보이나? 50리 터짜리 등산 배낭의 위력이란 이런 것인가? 3박4일쯤 캠핑하고 내려오는 사람 같나? 의문 속에 외로운 하산을 계속했다. 발목이 욱신거릴 정도로 바위를 디뎌 내려간 끝에 계곡 옆으로 난 오솔길을 만났다. 끝이 가까워졌다는 느낌이 들었다. 그즈음 모두 등산복을 풀 착장으로 갖췄으나 산행에 그리 능숙하지 않아 보이는 한 무리의 중년 남녀를 만났다. 어느 시골 마을 동기들이 효도관광을 온 게 아닌가 싶었다.

그중 한 사람이 물었다.

"천왕봉까지 얼마나 남았어요?"

"네? 저…… 저는 거기 안 갔는데요."

여기서 또 몇 가지 의문이 해소되었다. 내가 산장에서부터 뒤따르던 사람들이 왜 굳이 그곳에서 잠을 자고 그렇게 일찍 일어나서 그렇게 서둘러 사라져버렸는지, 왜 올라오던 사람들이 모두 나의 속도에 감탄했는지, 내가 얼마나 멍청이인지 하는 것들이다. 어딘가 있을지 모를 신에게 감사한 마음도 들었다. 지리산 꼭대기에서 천왕봉도 못 찾는 길치가 이 세계에서 멀쩡히 살아간다는 것은 얼마나 큰 행운이란 말인가.

전날 밤 옅은 잠에 들었을 때 꾼 꿈이 그제야 기억이 났다. 하얀 수염을 무릎까지 기르고 천연 원목 지팡이를 든 간달프 같은 노인이 내게 물었다.

"짝짓기의 정령을 만나는 것과 살아서 내려가는 것 중 무엇을 고르겠느냐?"

"아이고 산신령님, 목숨보다 귀한 인연이 어디 있겠습니까요."

물론 뻥이다.

나는 무사히 서울로 돌아왔다. 그리고 다음엔 꼭 천왕봉에 오르리라 다짐했다. 짝짓기의 정령은 아무래도 거기 사는 것 같다.

가끔은
함께도 좋아

동행이 바뀌면
보이는 것도
달라지는 모양이다.

언젠가 일 때문에 혼자 경주에 간 적이 있다. 경주는 딱히 맛있는 게 없는 동네다. 포석정에서 만난 문화관광해설사는 "신라의 마지막 왕인 경순왕이 고려에 투항할 때 요리사들을 다 개성으로 끌고 가서 신라 요리의 맥이 끊긴 탓"이라고 했다. 그녀는 누가 묻지도 않았는데 정말로 통탄스럽다는 듯 그런 말을 했다. 아직도 견훤과 왕건을 미워하는 게 분명했다. 〈하하하〉(2009)에서 문소리가 연기한 엉뚱한 문화관광해설사를 연상시키는 분이었다. 나중에 찾아보니 실제 《삼국유사》에 경순왕이 금성(경주)을 떠나 송악(개성)으로 갈 때 문무백관이 그를 따랐고 그 행렬이 30리가 넘었다는 기록이 있다. 그것이 서기 935년의 일인데, 도대체 그 후 천 년이 넘도록 경주 사람들은 뭘 먹고 산 건지 알 수가 없다.

경주에 갈 때마다 매번 같은 아쉬움을 느낀 나는 이번엔 모리국수를 먹으러 구룡포에 다녀오기로 했다. 구룡포 모리국수는 그날 그날 많이 잡힌 생선을 넣고 끓이는 얼큰한 칼국수 비슷한 것이다. 친구들과 여행을 갔다가 그것을 처음 먹은 뒤로 서울에서도 종종 생각이 났다.

경주에서 구룡포까지는 대개 포항까지 시외버스를 타고 간 뒤 거기서 다시 시내버스를 갈아타고 간다. 하지만 포항 시외버스 터미널 근처라면 지긋지긋하게 잘 아는 데다 그곳에서 구룡포까지도 꽤 시간이 걸린다는 것을 익히 아는 터라 그 루트가 내키지 않았다. 나는 시내버스만으로 구룡포에 가는, 어느 지도 애플리케이션도 가르쳐주지 않는 새로운 루트를 개척해보기로 했다. 엄청난 패착이었다. 총 네 번 시내버스를 갈아탔다. 세 번째 환승에서 한 시간이 비기에 정류장 앞 교회에 들어가 벤치에서 노숙자처럼 쪽잠을 잤다.

그렇게 서너 시간이 걸려 국숫집에 다다른 나는 남극점에 도달한 탐험대원처럼 가게 앞에 깃발을 꽂고 기념사진이라도 찍고 싶었다. 하지만 그곳은 야박하게도 1인분은 절대 안 판다고 했다. 절망적인 기분으로 외쳤다.

"그럼 2인분 시킬게요."

다 먹겠다는 뜻인데, 가게 주인은 엄청나게 불쾌하다는 반응이었다. 일단 시켜놓고 남기려는 심사인 줄 알았나 보다.

"아, 안 팔아요. 나가요."

주인은 행패 부리는 주정뱅이나 걸인을 대하듯 버럭 소리를 지르며 위협했다. 재수 없다고 등짝에 소금이라도 뿌릴 기세였다. 세상에 먹는 걸로 구박받는 것만큼 서러운 일이 없다. 나는 주린 배를 부여잡고 시장통을 떠돌다 평범한 국숫집에서 밥을 먹고 처량한 기분으로 구룡포를 떠나며 다짐했다. 내 언젠가 싱글 여행자들을 위한 식사 번개 애플리케이션을 만들고 말겠다고. 여행지 맛집에서 푸짐하게 여러 메뉴를 시켜 먹을 수 있도록 회비 들고 모여서 딱 밥만 먹고 헤어지는 모임을 주선하는 것이다. 나는 혼자서도 통영 다찌나 전주 한정식이나 밑반찬이 잔뜩 나오는 모둠회를 먹고 싶단 말이다. 하지만 나의 아이디어 대부분이 그렇듯 이 역시 실현되지 못했고, 그 후 비슷한 앱이 출시되었다가 옴팡 망하는 것을 보고 안 하길 천만다행이라고 가슴을 쓸어내렸다. 아무튼 그날 나는 함께 모리국수를 먹고 적산가옥 거리를 걷던 친구들이 몹시 그리웠다.

지방 가서 가볍게 콧바람 쐬고 맛있는 거 먹고 돌아오는 여행은 아무래도 친구들과 함께인 편이 재밌다. 둘보다는 셋 이상 그리고 일행 중 누군가 술은 못 마시고 운전은 좋아하는 사람이 있으면 더 바랄 게 없다. 한동안 그런 조건이 갖춰져서 전국 팔도를 누비고 다녔다. 우리는 많은 공통점이 있었으므로 대부분의 사안에 쉽게 결론을 내릴 수 있었고 함께 기뻐할 수 있었다. 또한 우리는 사소한 차이점이 있었으므로 혼자라면 가지 않을 곳에 가고 하지 않을 일을 하며 새로운 즐거움에 눈뜰 수 있었다. 하지만 세월이 흐르면서 멤버들이 결혼을 하거나, 외국으로 떠나거나, 일이 바빠지거나, 사이가 나빠지는 바람에 나는 다시 혼자가 되었다. 그래서 최근 오랜만에 선배, 후배와 함께 셋이서 제주를 여행할 때는 시작부터 묘하게 들뜬 기분이 들었다.

우리는 공항 근처에서 차를 빌렸다. 한라산 기슭의 한적한 도로에서 드라이브를 하다가 선배가 차를 세웠다.

"운전, 해볼래?"

10년 장롱면허 소지자인 내게 선배가 제안했다. 나는 부들부들 떨면서 시속 20킬로미터로 운전했다. 1분이 10분처럼 느껴졌다. F1 선수처럼 운전하는 선배에게는 훨씬 더 길게 느껴졌을 것이다. 그렇게 20분 정도 달리자 나는 간신히 용기를 내어 시속 40킬로미터까지 밟을 수 있게 되었다.

"계속할 수 있겠어?"

우리가 처음 만난 20대 때 같으면 속사포 래퍼처럼 욕을 쏟아냈겠지만 아이 낳아 키우느라 참을성이 함양된 선배는 침착한 목소리로 에둘러 물었다.

"그…… 그만할까요?"

"저기 앞에 세워봐. 잠깐 쉬었다 가자."

대피로에 정차를 하고 자리를 바꾸기 위해 차에서 내렸다. 그때 선배가 갑자기 다급한 얼굴로 주변을 두리번거리더니 외쳤다.

"야야, 저거 주워!"

대피로와 그 옆 숲으로 이어진 낭떠러지 사이에 누군가 흘리고 간 게 분명한 지폐들이 놓여 있었다. 5만 원짜리 네 장과 만 원짜리 세 장이었다. 인적이 드문 길이었다. 누군가 찾으러 온다 해도 그땐 이미 돈이 숲으로 날아가고 없지 않을까? 우리는 그 돈으로 2박3일 동안 맛있는 것도 잔뜩 먹고 내 돈 주고는 안 살 것 같은 기념품도 사면서 지역경제 활성화에 이바지했다.

"내가 운전하라고 안 했으면, 거기 세우라고 안 했으면, 발밑을 살피지 않았으면 그런 횡재가 있었겠니? 선배 말 잘 들으면 자다 가도 떡이 생기는 거야, 알았어?"

옳은 말씀이시다. 나는 주변을 잘 살피는 사람이 아니기 때문에 길에서 돈을 줍는 일은 절대 없다. 동행이 바뀌면 보이는 것도 달라지는 모양이다. 그래서 가끔은 혼자보다는 셋이나 넷 혹은 다섯이 좋다. 당당하게 아무 식당에나 갈 수 있고, 길에 떨어진 돈도 주울 수 있다. 그 일 이후 나는 여행 메이트들에게 조금 더 감사하고 인내할 줄 아는 사람이 되었다. 혹시 한라산에서 돈을 잃어버린 주인공이 이 글을 보고 있다면, 당신 덕분에 세상 누군가의 성격이 23만 원 어치쯤 좋아졌다는 사실이 위로가 되길 바란다.

그래도
　　서울

사실 중요한 것은
'여기' 혹은 '어디'가 아니라
'떠난다'는 행위 자체다.

친구와 점을 보러 갔다. 점쟁이는 내 사주에 역마살이 잔뜩 끼었다고 했다. 여행을 좋아하고 한국을 떠나는 게 소원이던 친구가 자기는 어떠냐고 물었다. 그러고는 "네 역마가 둘이면 얘는 넷이다"라는 점쟁이의 말을 두고두고 섭섭해했다. 그 점괘는 어찌 보면 맞고 어찌 보면 틀렸다. 친구는 몇 년 후 한국계 프랑스인과 결혼해 벨기에에 정착했고 틈나는 대로 유럽 각지를 여행 다닌다. 나는 아직 서촌에 산다. 여행도, 내 기준에서는, 많이 다니는 편이 아니다. 하지만 어렴풋이 '이런 게 역마살인가?' 생각할 때가 있다.

나는 생활이 고여 있는 느낌을 견디지 못한다. 남들은 2년에 한 번씩 이사 다니는 걸 고역스러워 하지만 나는 한 집에 1년 이상 살면 이사를 가고 싶어서 안달이 난다. 그래서 2년 계약 중 나머지 1년은 이사 준비에 쏟아붓는다. 사정이 여의치 않으면 딴 데서 살다 오기라도 해야 한다. 굳이 외국이 아니어도 상관없다. 내 마음

대로 꾸며놓고 빈둥댈 수 있는 공간이면 된다. 기왕 이럴 바엔 짐을 아주 작게 줄여서 한 달에 한 도시씩 돌아가며 사는 건 어떨까 몽상을 해본 적도 있다. 굶어 죽기 딱 좋은 바람이다. 차선으로 생각한 게 지방에 집을 갖는 것이었다. 그리고 인생의 많은 일들이 그렇듯 소문을 내다 보니 불완전한 방식으로나마 그것이 이루어졌다. 제주도에 빈 집이 있는 친구를 갖게 된 것이다.

최근 몇 년간 나는 서촌과 제주를 오가며 지냈다. 운전을 할 줄 모르기 때문에 제주에 가도 딱히 할 일은 없다. 그저 서울에서처럼 늦잠을 자고, 청소하고, 밥을 해 먹고, 책 읽고, TV 보고, 컴퓨터로 일 좀 하고, 잠을 자는 게 전부다. 여름이면 집 앞 바다에서 하루 종일 튜브를 끼고 둥둥 떠다니거나 텃밭의 풀을 뽑기도 한다. 풍경과 공기가 다르니 그것만으로도 기분 전환이 된다. 하지만 그러다 서울로 돌아오면 역시 서울이 좋구나, 라는 생각이 든다. 늦잠 자고, 청소하고, 밥 해먹고, 책 읽고, TV 보고, 일하고, 잠자는 건 똑같다. 하지만 틈틈이 사람들을 만나고, 카페와 술집, 극장, 갤러리를 구경하고, 쇼핑을 한다. 그것을 반복하는 사이, 나는 한 가지 중요한 사실을 깨닫게 되었다. 우리는 여기가 싫어서 혹은 어딘가가 좋아서 떠나고 싶다고 말하지만 사실 중요한 것은 '여기' 혹은 '어디'가 아니라 '떠난다'는 행위 자체다. 그것을 받아들이고 나니 인생의 베이스캠프로서 서울이 가진 매력에도 눈을 뜨게 되었다.

그사이 제주로, 통영으로, 외국으로 떠난 친구들이 하나둘 서울로 돌아오기도 했다.

많이 반성하고 왔습니다.

단골 술집 사장 A가 몇 달 만에 문자를 보내왔다. 7년 전 처음 만났을 때 그의 꿈은 코타키나발루로 이민 가서 작은 바가 딸린 게스트 하우스를 운영하는 것이었다. 하지만 돈이 모이는 족족 동남아로 여행을 다니다 보니 슬그머니 지겨워졌는지, 3년 후에는 불현듯 제주도로 가겠다고 선언했다. 술집에 들를 때마다 조천이나 함덕에서 새로 보고 온 상가 사진을 보여주기를 몇 년째, 그때 만일 그 상가 중 하나를 샀다면 부동산 시세 차익으로 떼부자가 됐을 만큼 제주도가 급변한 후에, 그는 더 한갓진 곳을 찾아 홀연히 통영으로 떠났다. 서울에서도 불친절로 악명 높은 그가 과연 텃세 심한 타지에서 친구나 사귈 수 있을지 흥미진진해서 언제 한번 가봐야지 했는데, 그 '언제'는 끝내 오지 않았다.

서울에서 다시 만난 A는 '반성했다'는 문자와 달리 여전히 괴팍

했다. 그는 과격한 표현을 섞어가며 지방 이민의 어려움을 토로했다. 순화하자면 동네 아저씨들이 가게에 드나들면서 참견하고 군기 잡으려는 게 귀찮았고, 소품 하나도 서울에서 조달해야 하니 불편했고, 현지인들은 말이 안 통하고 관광객들은 쩨쩨해서 장사가 통 재미없었으며, 정신없이 상업화되는 동네 분위기 탓에 나름 질서가 잡힌 서울이 오히려 아늑하게 느껴지더라는 것이다.

또 다른 친구 B도 서울 생활을 정리하고 제주에 갔다가 1년 만에 돌아왔다. B가 노후에 귀촌하겠다고 제주도 허허벌판에 사둔 땅이 금싸라기 상업지가 돼서 떼돈을 번 것까진 좋았다. 섬이라고 물가가 비싸다 못해 제주산 광어가 뉴욕 한인타운보다 비싼 것까지도 어떻게 이해해보려고 했다. 하지만 막상 내려가 살겠다고 공사를 하다 보니 지긋지긋한 스트레스의 연속이었다. 제주도 전역이 공사판이라 레미콘 하나 부르는 데도 뒷돈을 줘야 했고, 공사장 진입로에 있는 땅 주인은 통행세를 거하게 요구했으며, 진갑 가까운 동네 할아버지를 아침저녁 차로 모셔드리며 일을 시켜야 할 만큼 인부 구하기가 힘들었다. 같은 해 모 영화제 신인상 후보에 오른 감독이 "제주도에 집을 짓고 있는데 레미콘 스케줄을 몰라서 참석 여부를 확정할 수 없다"고 하는 바람에 스태프들이 몇 주간 애를 태웠는데, 과연 제주도 레미콘은 영화제 트로피보다 귀한 몸이었던 것이다.

B의 또 다른 문제는 평생 서울과 뉴욕 등 대도시에만 살았던 터라 포유류와 어패류 이외의 생물을 무서워한다는 점이었다. 지네는 꼭 쌍으로 다닌다는 걸 나도 B 때문에 알았는데, 급기야 마당에 뱀까지 나타나자 그는 궁여지책으로 사냥 잘하게 생긴 길고양이를 섭외했다. 하지만 길고양이도 아침저녁 방문해서 차려주는 밥만 날름 챙겨 먹고 지네와 뱀은 잡아주지 않았다. 결국 동네 곤충들에게 호구 잡혀서 나날이 동거하는 생명체가 늘어가던 중 보다 심각한 문제에 직면하게 되었으니, 밤이 무서워도 부를 친구가 없다는 것이었다.

일본의 귀농 힐링 영화 〈리틀 포레스트〉(2015)에는 내내 농사 짓고 밥만 하던 주인공이 비 오는 밤 문득 전화를 걸자 잘생긴 옆 동네 청년이 자전거를 타고 달려오는 장면이 있다. 그쯤은 돼야 시골 생활도 할 만하다. 하지만 B에게는 그럴 사람이 없었다. 동네 주민의 평균 연령은 60세쯤 되었고, 젊은 보헤미안 이민자들은 도도하고 배타적이었으며, 골프 클럽을 중심으로 형성된 부유한 명퇴자나 교육 이민자 커뮤니티는 체질에도 맞지 않을뿐더러 불륜이 난무하는 곳이었다. 이래저래 고독에 시달리던 그도 서울로 돌아오며 "반성했다"고 말했다.

그나마 부부끼리 떠나 다행이다 싶던 한 커플은 제주의 습한 날씨를 견디지 못했다. 여름에 납작한 김 한 봉지를 뜯으면 식사가 끝나기도 전에 흐물흐물해지는 곳이니 체질이 안 맞으면 견디기 힘들 터. 특히 아내가 그랬는데, 처음엔 몸이 축축 처지는 정도였다가 점점 이곳저곳이 쑤시고 아파오더니 몸이 나뭇가지처럼 말라갔다. 그래서 충청도 산골로 이사를 갔으나 애초 그들이 원한 건 자연과 문화가 공존하는 곳이기에 완연한 시골 생활은 지루해서 견딜 수 없었다. 그들은 결국 서울로 돌아와 그나마 시골 비슷한 냄새가 나는 종로의 오래된 동네에 터를 잡았다. 몇 해 전 울릉도로 귀향해 현지 남자와 결혼한 친구가 "선착장에 내리는 사람들이 도넛 박스를 손에 든 걸 보고 눈물을 흘렸다"고 했는데, 그에 비하면 서로 뜻이 맞아 제때 귀경한 이 부부는 행운이었다.

한국을 떠나는 게 평생의 꿈이다가 결혼과 함께 소원 성취한 친구들도 있다. 그들이 이따금 메신저로 수다를 늘어놓을 때면 수 세기 만에 빙하 속에서 눈을 뜬 용가리가 얼음을 녹이기 위해 필사적으로 불을 내뿜는 모습을 지켜보는 기분이다. 내용은 주로 인터넷에서 본 고국 정세에 대한 장렬한 통탄과 수치심인데, 대화를 마칠 때면 꼭 "아아 이런 수다 그리웠어! 한국 가고 싶다"라고 한다. 급기야 한 친구는 평생 꿈이던 이민 6개월 만에 진지하게 귀국을 고민 중이다.

우리는 모두 어딘가로 떠나고 싶다. 그곳이 천국이어도 마찬가지일 텐데 서울이면 오죽할까. 살인적인 주택난, 교통난, 대기오염, 열악한 노동 여건, 높은 인구밀도, 머무르면 뒤처질 것 같은 숨 막히는 분위기, 유치원생들도 만났다 하면 서로 아파트 평수부터 확인하는 천박한 교육 환경…… 모든 것이 이번 생은 뭔가 잘못되었다는 느낌을 갖게 한다. 거기서 떨어져 나가지 않겠다고 시스템의 소모품으로 나를 갈아대며 아등바등 버티다가 저 푸른 초원 위에 그림 같은 집을 짓고 빵 굽고 바느질 하며 사는 사람들을 보면 심장이 쿵쾅거린다. 그리하여 요즘 제주도 인구가 한 해 2만 명씩 는다는 보고도 있다. 하지만 둘러보는 것과 머무는 것 그리고 살아가는 것은 대단히 큰 차이다. 헤어져봐야 소중함을 아는 연인처럼 서울에는 떠나봐야 보이는 매력이 있다.

여기가 내 인생이고 내 터전이다 생각하면 어디나 결점은 보인다. 그럼에도 불구하고 포기할 수 없는 것, 그게 나의 토양이 된다. 예컨대 서울의 살인적인 주택난, 교통난, 대기오염 기타 등등에도 불구하고 내가 아직 서울에 사는 이유는 그만큼의 문화 시설, 조형미, 다양한 밤문화, 친숙한 언어, 다수의 쿨한 술친구를 동시에 제공해주는 도시가 없기 때문이다.

마찬가지로 내게는 이런저런 고충에도 불구하고 제주도, 충청도, 부산, 베를린 그리고 런던으로 떠나서 더 행복해진 친구들이 있다. 소금밭에 피는 염생식물이나 사막을 좋아하는 선인장처럼 각자에게는 각자의 토양이 있는 법이다. 요 몇 년 느낀바, 나는 계절이 바뀔 때면 서울로 돌아오는 작은 철새 같은 동물이 아닌가 싶다. 여행을 좋아한다는 친구는 남편을 만나기 전에 항상 함께 여행을 다니거나 자신이 여행 다니는 것을 방해하지 않을 남자를 원한다고 했다. 그땐 그런 게 어떻게 남자를 고르는 기준이 될 수 있나 의아했는데 내가 철새라는 사실을 알게 된 후로는 그 친구가 참 똑똑했구나, 생각이 든다.

결혼하지 않을 권리

우리를 성장시키는 건 불편한 행복이 아니라 외로운 자유다

알아서
할게요

제발 도와줄 거 아니면
신경들 끄시라.
내 연애는 내가 알아서 할 테니까.

20대 후반부터 10여 년간 '남자 친구'가 없었다. 일부러 그런 건 아니고, 흔히 말하는 '미친 듯 일만 하다 혼기 놓친' 케이스는 더더욱 아니고, 눈이 높은 것도 아니었다. 각종 배달하는 분들 말고는 XY염색체를 가진 사람과 사적인 대화를 할 기회가 없었는데 그렇다고 그분들께 연애를 청하는 건 초면에 너무 실례 아닌가.

연애라는 게 하다가 중단하면 고통스럽기 짝이 없지만 그 상태가 지속되면 또 그런가 보다 하고 무심해진다. 어쩌면 감정의 동요가 적고 자신에게 오롯이 집중할 수 있는 고마운 시간이다. 하지만 많은 사람들이 그 상태를 제대로 즐기지 못하고 어영부영 흘려보낸다.

외로움이나 결핍감도 문제지만 더 큰 스트레스는 주변의 시선이다. 때로는 그 시선들 때문에 자신이 외롭거나 결핍되어 있다고 착각하기도 한다. 20~30대 싱글이 받는 연애 압박은 결혼 압박 못지않다. 심지어 친척들의 결혼 독촉이 싫다며 명절마다 독립운

동가처럼 비장해지는 또래들조차 연애 안 하는 사람을 꾸짖고 폄하하고 압박한다.

"너같이 멀쩡한 애가 왜 연애를 못 하니?"
"결혼은 안 해도 연애는 해야지."
"주말에 집에 있으면 어떡하니. 사람 많은 데 가서 좀 놀아."
"혹시 레즈비언(게이)이에요?"

프랑스 영화감독 프랑수아 트뤼포는 말했다.
"세상 사람은 모두 두 가지 직업을 갖고 있다. 하나는 본업이고 하나는 영화평론가다."

내 생각에 인류는 모두 세 가지 직업을 갖고 있다. 본업, 영화평론가 그리고 연애 컨설턴트다.

연애 중이거나 결혼한 사람들 틈에 몇 년 동안 연애 못 한 싱글한 명을 던져줘보라. 당사자가 도움을 청하지 않아도 꼼꼼하고 프로페셔널한 조언 대잔치가 펼쳐진다. 옷 입는 스타일, 얼굴, 몸매, 말투, 행동, 생활 패턴, 요즘 보는 TV 드라마와 영화까지 다각도로 분석하여 네가 연애 못 하는 이유는 이것 혹은 저것이라고 지적한다.

"한국 남자들은 나이 처먹어가지고 아저씨 되면 아무한테나 조

언하고, 충고하고, 그래도 되는 자격증 같은 게 국가에서 발급되
나 봐?"

영화 〈이층의 악당〉(2011)에서 연주(김혜수)가 남긴 명대사를 듣
고 함께 깔깔거린 여자 친구들마저 자기가 연애를 할 때는 그렇지
않은 사람에게 무엇이건 잔소리할 수 있는 자격증이라도 얻은 것
처럼 군다. 매우 공격적으로 따지고 드는 사람도 있다. 언젠가 비
즈니스 미팅에서다. 전화 통화만 몇 번 하다가 처음 만난 젊은 여
자였다.

"왜 연애 안 해요? 안 한 지 몇 년 됐어요?"

나는 움찔했다. 6년인지 7년인지 기억나지 않는다고 곧이곧대
로 말하려니 나 자신이 굉장히 무능하고 어딘가 하자가 있는 사람
처럼 느껴졌다.

"아마 신라가 삼국통일 할 무렵에 하고 안 한 거 같아요."

대강 넘어가자는 뜻에서 얼버무렸는데 그녀는 대강 넘어갈 의
사가 눈곱만치도 없어 보였다.

"안 웃기거든요! 섹스는 해요? 어떻게 참고 살아요?"

오 마이 갓! 내가 너무 오래 살았나? 나는 카페 테이블을 엎어서
경찰에 끌려가는 일이 없도록 정신을 바짝 차려야 했다. 생각해보
면 이상한 일이기는 하다. 지구에는 인구가 넘쳐나고 인간은 모두
외로운 동물이라는데 어째서 몇 년, 몇십 년, 길게는 한평생을 혼

자 지내는 사람이 있는 것일까. 그리고 그게 어째서 나일까. 전생에 뭘 크게 잘못했나? 설령 그렇더라도 기억도 안 나는 전생의 죄 때문에 이렇게 온 세상 사람에게 꾸중을 들어야 하나? 잔소리를 할 거면 소개팅이라도 시켜주든가.

이게 다 짝이 있는 걸 삶의 기본형으로 보는 시각에서 비롯된 것이다. 백인들은 백인이 인간의 기본형인 줄 알고, 대다수 남자들은 남자가 인간의 기본형인 줄 알고, 이성애자들은 이성애가 기본이라 생각하며, 신체에 질병이나 특이점이 없는 사람들은 그게 기본이라 생각한다. 그것이 우월주의고 차별이라는 걸 그 자신이 반대편에 서기 전에는 인식하지 못한다. 연애도 마찬가지다. 단지 애인이 없다는 이유로 경쟁에서 탈락한 사람 혹은 아까운 사회적 자원을 낭비하는 사람으로 취급하는 것은 부당하다. 연애 안 하는 게 남들한테 죄짓는 일도 아니고 부끄러운 일도 아닌데 왜 함부로 조언하고 잔소리하고 따져 물어서 변명하고 위축되게 만드는가.

'인연'이란 걸 믿지 않는 풍조 탓이기도 하다. "왜 연애를 못 하냐고? 인연이 없어서"라는 명백한 답이 요새는 핑계로 치부된다. 클럽에는 짧은 만남이라도 원하는 남녀가 북적거리고, 데이트 앱을 켜보면 반경 100킬로미터 안 싱글 남녀의 신상 정보가 쏟아진다. 원하면 얼마든지 사람을 만날 수 있다고 생각하니 연애 안 하는 사람이 게으르고 무능해 보이는 것이다. 결혼은 제도로써의 불완전함 때문에 공격할 구석이라도 있지, 연애 압박은 도무지 튕겨낼 방법이 없다. 하지만 그게 아무리 몸과 정신의 만병통치약이라도, 아무리 마음만 먹으면 헐값에 구할 수 있어도, 설령 당사자가 너무나 원하는데 못 하고 있는 것일지라도, 제 몸이고 제 정신이고 제 마음이고 제 욕구인데 주변에서 왈가왈부할 이유가 대체 뭐란 말인가.

듣기 좋은 꽃노래도 한두 번인데 보는 사람마다 나의 연애 여부를 묻고 걱정하는 상태가 몇 년씩 지속되면 노이로제가 생긴다. 본인은 괜찮다는데, 외롭지 않다는데 옆에서 자꾸 "너 외롭지? 외롭지?" 묻는 이유를 모르겠다. 그냥 사람 놀리는 게 재밌어서? 그들의 걱정과 달리 몇 년 연애 안 한다고 매일 밤 눈물로 베개를 적시고 허벅지를 찌르고 속이 시커멓게 썩어 문드러지진 않는다. 오히려 우리의 평정심에 돌을 던지고 없던 외로움마저 생기게 만드는 건 그들이 걱정을 핑계로 늘어놓는 말들이다. 그러니 제발 도와줄 거 아니면 신경들 끄시라. 내 연애는 내가 알아서 할 테니까.

내가
　　완전체가 된 날

완전한 삶을 위해 누군가의 도움은
필요 없다는 그 느낌이
혼자 사는 사람들에게는
무척 중요하다.

내가 20대 때만 해도 주변에 40대 싱글이 흔치 않았다. 30대에만 결혼해도 늦었다고 했다. 그러니 스무 살 무렵 들은 이 말이 얼마나 충격이었을지 상상해보라.

"우리 언니 친구가 마흔 살 기념으로 차를 샀어. 차를 사니까 남자가 필요 없더래. 무거운 짐도 나를 수 있고 가고 싶은 데 갈 수 있으니까. 요새 주말마다 산으로 바다로 놀러 다니면서 즐겁게 산다더라."

남자와 결혼이 자동차 한 대로 대체될 수 있다니 이 얼마나 편리하고 획기적인 발상의 전환인가. 비혼 선언과 출산 사보타주가 대세로 자리 잡기 전까지 그 긴 세월 '결혼 적령기'의 '가임기 여성'으로 살면서도 내가 결혼에 의연할 수 있던 건 다 그 말 덕분이다.

친구는 생수통을 나르면서 영구 독신 생활에 자신감을 얻었다고 한다. 자취방으로 물을 주문했는데 배달원이 말도 없이 1층 현관에 두고 가버렸다나. 친구는 2리터짜리 페트병 여섯 개를 3층까지 나르는 데 성공한 후 승리감에 도취되어 생각했다.

'나는 강하다! 내가 혼자 할 수 없는 일은 없을 거다! 나는 혼자서도 잘 먹고 잘 살 거다!'

나는 집 안의 전기 콘센트를 갈고 그 비슷한 생각을 했다. 때에 절고 부서진 콘센트를 바꾸고 싶은데 도움을 청할 데가 없었다. 전파사에 부탁하면 출장비만 5만 원이라고 했다. 그 전까지도 사무실용 생수통을 갈거나 형광등을 바꾸는 정도는 능숙하게 했지만 전기를 만지는 건 또 다른 문제였다. 그건 대단히 위험하고 전문적인 분야라 고등학교에서 가사 대신 공업을 정식으로 배운 사람만 할 수 있다고 생각했다. 하지만 부탁할 데가 없으니 별수 없다. 나는 인터넷으로 방법을 찾아보고 한참을 고민한 끝에 마침내 두꺼비집을 내리고 드라이버를 들었다. 작업을 마치고 스탠드를 꽂자 '반짝' 불이 들어왔다. 내 마음에도 작은 불꽃이 켜졌다. '아하, 별거 없고만!' 누전으로 화재가 발생하거나 누군가 감전사하는 일은 벌어지지 않았다.

혼자서도 잘 살 수 있다는 확신이 든 또 다른 계기는 바퀴벌레를 때려잡고 5분 만에 치운 일이다. 나는 바퀴벌레가 정말 싫다. 지네나 거미처럼 2차원으로 이동하는 곤충은 덜 무서운데 바퀴벌레는 여차하면 날아오른다는 게 문제다. 그 세균 덩어리가 내 몸 어딘가에 부딪칠까 봐 근처에 가기조차 두렵다. 바퀴벌레 한 마리가 보이면 집 안에 이미 수많은 바퀴벌레 가족이 산다는 뜻이며 그것들은 죽는 순간 세균과 알을 사방에 퍼뜨린다는 해충 박멸 업체의 광고 이미지는 또 어떤가. 나는 오랫동안 그 이미지에서 벗어날 수 없었다. 바퀴벌레가 창궐하는 상황은 막고 싶으니까 한번 나타나면 필사적으로 잡긴 잡는다. 하지만 뒤처리가 문제다. 긴 빗자루와 쓰레받기를 쓴다 해도 건드리는 순간 공포영화의 반전처럼 기절한 바퀴벌레가 정신을 번쩍 차리고 최후의 일격을 가할 것 같다. 사체 주변에 방사능이라도 번진 것처럼 근처에 가기가 두렵다. 이런 공포를 가진 사람이 한두 명이 아닐 것이다.

언젠가는 이런 적도 있다. 별로 안 친한 회사 선배와 택시를 타고 가던 중 그녀가 넌지시 물었다.

"너 오늘 우리 집에 갈래?"

"왜요?"

"내가 사실 며칠 전에 바퀴벌레를 잡았거든. 그런데 치우질 못해서 컵으로 덮어뒀어. 그거 좀 치워주면 안 될까?"

"저도 바퀴벌레 못 치워요."

그래도 남자들은 좀 나은 줄 알았다. 천만의 말씀. 언젠가 남자

친구에게 기왕에 잡아놓은 바퀴벌레 치우는 것만 좀 도와달랬더
니 사흘 동안 바쁘다고 나타나지 않았다. 알고 보니 그는 바퀴벌
레가 무서워서 여자들 앞에서 세 보이고 싶을 때가 아니면 숫제
잡으려고도 안 하는 남자였다.

　내가 바퀴벌레 공포에서 벗어난 것은 정작 그 공포를 확대재생
산한 원흉인 해충 박멸 업체 직원을 만나서다. 아파트 거실에 참
새만 한 바퀴벌레가 나타난 날, 나는 놀라서 업체에 전화를 걸었
다. 검사를 마친 직원은 이 집에는 바퀴벌레 서식지가 없고 그 바
퀴벌레는 외부에서 침입한 것이며 바퀴벌레 알은 검은 알갱이라
서 육안으로 식별이 가능하다고 말했다. 그러니까 배가 터져 죽은
바퀴벌레 주변에 눈에 안 보이는 알들이 잔뜩 퍼져 있을 거라는
상상은 할 필요가 없는 것이다. 그제야 생각났지만 바퀴벌레 때문
에 죽거나 병에 걸렸다는 사람도 만난 적 없었다. 그 후 다시 집에
서 바퀴벌레를 마주쳤을 때, 나는 가장 두꺼운 잡지를 던져서 그
것을 때려잡은 후 (과거에 비하면) 대단히 의연하게 뒤처리를 했다.
약 5분 정도 심호흡을 하고, 잡지를 뒤집어 사체의 상태를 확인하
고, 폐지를 덮어 안 보이게 한 다음 변기로 가져가 버리고, 변기
물을 내리고, 사용한 종이들을 곧장 재활용 쓰레기 처리장에 내놓
고, 물티슈로 살해 현장 주변을 여러 번 닦고, 바퀴벌레 진입로로

추정되는 벽 틈새를 찾아 실리콘을 발랐다. 그날 밤 잠자리에 들어 생각했다.

'나는 이제 바퀴벌레도 치울 수 있는 여자야! 더 이상 두려울 게 없어! 아무도 필요 없어! 혼자서도 잘 살 수 있다! 덤벼라 세상아!'

비록 침소봉대일지언정, 완전한 삶을 위해 누군가의 도움을 빌릴 필요가 없다는 그 느낌이 혼자 사는 사람들에게는 무척 중요하다. 아마 세상에는 직접 된장찌개를 끓이거나 와이셔츠를 다려보고 '나는 혼자서도 잘 살겠다' 깨닫는 남자도 있을 것이다. 그리고 내가 아는 한, 자기 극복을 통한 싱글력 증진이라는 측면에서 가장 획기적인 성취를 이뤄낸 이는 최근 알게 된 40대 중반의 여성이다. 그녀는 자신이 원하는 게 지속적인 관계가 아닌 섹스라는 사실을 깨닫고, 데이트 어플로 섹스 파트너를 찾기 시작하며 손쉽게 욕구를 해결할 방법을 확보함으로써 혼자 사는 데 아무런 두려움도 없는 상태가 되었다. 섹스와 바퀴벌레 잡기가 똑같은 무게라는 건 아니지만 사람마다 필요한 게 따로 있는 법이니까 굳이 따지지는 말았으면 좋겠다. 불완전한 타인과의 관계에 의지하지 않고도 뭐든지 해낼 수 있다는 자신감, 중요한 건 바로 그것이다.

싱글세,
　　　내라면 내겠어요

'싱글세'라는 단어에는
나를, 우리를, 이 사회의 가임기 여성들을
스스로 행복을 추구할 권리가 있는 자유인이기 전에
사회의 부품으로 보는 시각이 담겨 있다.

요 몇 년 잊을 만하면 한 번씩 '싱글세'가 화제에 오른다. 보건복지부 관계자가 기자들과의 한담에서 "저출산 극복을 위해 싱글세를 매겨야 할지도 모른다"고 말했다가 수습하느라 진땀을 뺐고, 소득 공제 혜택이 조정되면서 1인 가구가 2인 가구보다 세금을 더 낸다는 사실이 보도됐다. 억울하기보다는 착잡한 기분이다.

대만 총통 차이잉원이 왜 결혼을 안 하느냐는 물음에 "소시지 하나 먹자고 돼지를 통째로 살 필요는 없다"고 대답했다는 소문이 한때 인터넷에 떠돌았다. 결국 낭설로 밝혀졌지만 듣자마자 무릎을 쳤다. 싱글 살림살이에 익숙해지면 단위 가격이 낮다는 이유로 대형 마트에서 번들 제품을 사서 썩혀 버리느니 동네 구멍가게에서 몇백 원 더 주고 양파 한 개, 소시지 한 개씩 사는 게 남는 장사라는 걸 알게 된다. 결혼도 마찬가지다. 나는 단지 누군가를 사랑하고 함께 있고 싶다는 이유로 한 무리의 시댁 식구들과 2인분의 살림살이를 내 인생에 끌어들이고 싶지 않다. 원 플러스 원 번들 제품 대신 당장 필요한 소시지 하나만 사는 대가로 지불해야 하는 웃돈이 싱글세라면 그래, 차라리 내고 말겠다.

　누구나 세금은 아깝다. 하지만 그러면 안 된다. 몇 해 전이었다. 일하고 못 받은 돈이 많아 화병에 걸렸다. 도저히 못 살겠어서 연초에 담당자들에게 문자를 보냈다. '오늘 하루 말미를 주겠다. 그 안에 해결되지 않으면 당신들의 거래처(혹은 상사)와 미디어, 행정 당국에 이 사실을 알리고 소송에 들어간다. 더 이상 대화는 없다. 전화도 안 받을 거다.'

　그랬더니 짧게는 두 달, 길게는 1년 가까이 밀린 돈들이 하루 만에 입금되었다. 통쾌한 건 잠깐뿐이었다. 몇 해에 걸쳐 일한 수익이 한 해 소득으로 몰아서 잡혔다. 나를 거쳐 다른 프리랜서들에게 흘러간 돈, 더 이상 팔리지 않는 책의 인세 등도 포함되는 바람에 이듬해 지역보험료 폭탄을 맞았다.

　"요즘은 일이 없는데요?"

　보험공단에 가서 우는소리도 해봤지만 어림없었다. 마이너스 통장 빚으로 보험료를 내는 내게 오랜 경력의 프리랜서 선배가 말했다.

　"세금 갖고 억울해하지 마. 특히 보험료는 독거노인이나 소아 환자 약값에도 쓰이는 거잖냐. 그 사람들 약 사주는 게 아깝니?"

그러자 정신이 좀 들었다. 세금은 묻지도 따지지도 않고 내라는 대로 내기로 했다. 세금은 나 혼자 쓰는 게 아니다. 공동체의 다른 시민들을 위해서 조금이라도 형편이 나은 사람이 더 내야 한다.

마찬가지로 '싱글세'가 진짜로 도입된다면 그때도 나는 군말 없이 돈을 낼 것이다. 그 돈이 지하 단칸방과 비키니장 하나 살 돈이 없어 결혼 못 하는 비자발적 싱글들을 돕는 데 쓰일 수 있다면, 그리하여 출산율을 높이는 데 실질적 기여를 할 수 있다면 말이다. 하지만 싱글세가 실제로 입법이 될 가능성은 매우 희박하다. 합리적 명분이 전혀 없다.

흔히 싱글세에 반발하는 포인트는 두 가지다. 첫째는 결혼 못 하는 것 자체가 인생의 벌칙인데 왜 벌칙성 세금까지 내야 하냐는 거다. 의지는 있으나 인연이 없는 경우다. 둘째는 우리 사회의 저출산 풍조가 낮은 임금, 불안한 고용률, 높은 양육비 등 경제적 요인에 의한 것이니 추가 조세는 출산 기피 현상을 더욱 부추길 거라는 주장이다. 의지는 있는데 경제력이 약한 경우다. 양쪽에게 다 싱글세는 억울하다. 이건 실업률이 높으니 일자리를 만드는 대신 실직세를 물리겠다는 격이다.

문제는 나 같은 경우다. 자식 하나쯤, 호의호식은 못 시켜도 밥 안 굶길 자신이 있다. 하지만 결혼은 싫다. 출산도 싫다. 복지부 관계자들이 머릿속으로 그린 저출산의 원흉이 나 같은 사람들이 었을 게다. 이런 경우에도 싱글세는 효과가 없다. 싱글세 내기 싫으면 결혼해서 애 낳으라는 건 나한텐 지역보험료 내기 싫으면 취직하라는 것과 똑같은 발상이다. 나는 회사가 싫어서 수입을 줄이고 자유를 택했다. 세상에 나 같은 사람만 있으면 나라와 기업이 돌아가지 않는다. 그러니 벌칙성으로 세금을 좀 더 내라면 그러겠다고 정리를 마쳤다.

가임기 여성이지만 출산을 회피한다는 점에서도 나는 이 사회의 악성코드다. 대한민국의 출산율은 전 세계 최하위권이다. 이건 우리 세대가 은퇴할 즈음엔 나를 위해 국민연금을 내줄 사람이 없고, 양로원을 지어줄 사람도 없다는 뜻이다. 그러니 누군가 나를 대신해 그 비싼 출산과 양육으로 노동력을 재생산해준다면 고마운 일이다. 그에 따른 벌칙성 세금을 나는 이미 내고 있다. 연말정산의 부양가족 공제, 은행 대출 혜택, 부동산 청약 순위 같은 것에서 상대적 손해를 감수하고 있다. 나 혼자 집을 얻고 나 혼자 쇼핑하고 나 혼자 공과금 내면서 부부나 동거 커플보다 두 배로 돈을 쓴다. 그에 대해 부당하다고 생각하지 않는다.

하지만 누가 뭐라든 평생 심장의 가시가 될 자식을 직접 만들고, 그 때문에 커리어가 끊기고, 일터에서는 "역시 여자는 안 돼", 남편에게는 "가족끼리 무슨 섹스?" 따위 흰소리나 듣고, 자식 대학 등록금 때문에 장렬하게 노령 빈민으로 전락하는 일 같은 건 겪고 싶지 않다. 돈 잘 버는 남편 만나면 그나마 낫겠지만 요즘 세상에 마흔 언저리 여자가 '취집'할 확률이 얼마나 될 것이며, 재수 좋아 그런 남자를 만난대도 수십 년 남은 내 인생에 타인을 디폴트값으로 거는 짓은 아무래도 못 할 것 같다.

만일 복지부가 억울한 비자발적 미혼이 아니라 나처럼 먹고살 만한 비혼들을 찾아내 '당신의 자유와 행복에 대가를 지불하라, 당신을 대신해 자비로 사회의 노동력을 재생산하는 자들에게 마땅한 보상을 지급하라'고 명령한다면 기꺼이 따르겠다. 하지만 무슨 수로 그들을 감별할 수 있으며 마땅한 보상이 대체 얼마인가?

'싱글세'라는 단어에는 나를, 우리를, 이 사회의 가임기 여성들을 스스로 행복을 추구할 권리가 있는 자유인이기 전에 사회의 부품으로 보는 시각이 담겨 있다. 이런 시각은 내가 아이를 낳기 싫은 이유 중 하나다. 나는 회사의 부품이 되기 싫어 혼자 세금 내고 비용 처리하는 프리랜서가 됨으로써 행복을 찾았다. 나라가 내 몸의 주인 노릇을 하려 들면 그에 대해서도 똑같은 방식으로 대응할 것이다. 그러니 쇠귀에 경 읽지 말고 다른 방법을 찾아보시라. 덩달아 비자발적 미혼들만 마음 다친다.

청첩장은
　　　사절합니다

"정말 축하해.
그런데 나
결혼식 끊었어."

어릴 때부터 이상하게, 나는 디즈니 공주풍의 벨 라인 웨딩드레스가 우스웠다. 평소에는 아무도 안 입는 특이한 옷을 입고 만인의 주목을 받으며 꽃을 들고 걷는 건 얼마나 민망한 일일까, 상상하면 식은땀이 흘렀다. 그게 아마 다섯 살 무렵. 자라면서 싫은 건 점점 많아졌다. 버진로드라니, 신부는 다 버진이어야 해? 여자가 아버지 손잡고 들어가서 남편 손에 양도되는 건 가부장제에 순응한다는 의미 아냐? 한 번 쓰고 버리는 청첩장, 화환, 뷔페 음식은 물론이고 몇 년만 지나도 촌스러워서 못 봐줄 웨딩 사진은 환경에 대한 죄악이다. 신부가 어머니께 절할 때 일부러 틀어주는 슬픈 음악은 끔찍하다. 떡칠된 신부 화장과 스프레이 때문에 바삭거리는 올림머리를 보고 예쁘다고 빈말해주는 것도 어느 순간 지긋지긋해졌으며, 군대 교관 같은 사진가의 짜증 속에 까치발 하고 단체 사진 찍는 것도 고역이었다. 그런데도 나는 오랫동안 결혼식에 열심히 다녔다. 당연히 그래야 되는 줄 알았다. 당연히 그래야 될 것 같은 일이야말로 가장 적극적으로 회의해야 할 일이란 걸 그때는 몰랐다. 알지만 실천하기 귀찮았거나.

내가 결혼식을 끊은 것은 서른여섯인가 일곱 살 때의 여름이다. 친구가 안산에서 결혼식을 했다. 좀 귀찮았지만 안 가면 데스노트에 이름이 적힐 게 분명하므로 종로에서부터 긴 여정에 나섰다. 식장은 교통이 엄청나게 불편한 곳이었다. 지하철 3호선을 타고 가다가 4호선을 갈아타고 한 시간쯤 간 다음 내려서 버스를 잡아타고 20여 분을 더 갔다. 그러고도 내려서 한참을 걸었다. 무더운 날이었다. 모처럼 얼굴에 얹어놓은 화장품과 드라이한 머리는 그 사이 땀과 먼지에 절어 엉망진창이 됐다. 예식은 한 시간 넘게 지속됐다. 오는 길에 이미 하루 치 에너지를 다 써버린 나는 식을 끝까지 보지 못하고 피로연장으로 가서 흥부 마누라처럼 밥그릇을 끌어안고 꾸벅꾸벅 졸았다. 하이힐 때문에 발목을 절룩거리며 집에 돌아가니 저녁이었다. 토요일 하루가 다 간 것이다.

그날 저녁 집에서 맥주를 홀짝거리며 이런 생각을 했다. 나의 귀한 휴일 하루를 바치고, 온 삭신의 고통을 참으며 거기까지 가서 자리를 빛내주었으니 부조금은 내가 받아야 하는 게 아닐까? 평소 그녀와 만날 때도 밥값, 술값은 주로 내가 낸다. 만일 내가 훗날 결혼을 한대도 그녀는 남편, 자식을 데려와서 축의금보다 밥

값을 더 많이 쓰게 할 것이다. 이건 '삥 뜯긴' 거나 다름없다! 그렇다. 나는 그런 생각을 했다. 이게 말이 되는가? 남의 결혼을 축하하지는 못할망정 이런 치사하고 옹졸한 생각이나 하다니, 이 얼마나 못돼먹은 인간이란 말인가. 이게 다 몸이 피곤해서다. 사람은 몸이 피곤하면 정신도 피폐해진다. 내 몸이 피곤한 것은 무리해서 결혼식에 다녀왔기 때문이다. 그렇다면 힘들게 결혼식에 참석해서 원망을 품는 것보다 집에서 편하게, 진심으로 축하하는 게 낫지 않을까?

그다음 주는 인천에서 결혼식이 있었다. 당일 아침 집을 나서는데 전화와 문자가 줄줄이 왔다.

미안해. 오늘 못 갈 것 같은데 축의금 좀 전해줘.

죄송해요. 축의금 좀 전해주세요.

죄송해요. 축…….

나보다 훨씬 호들갑스럽게 결혼 축하한다, 꼭 가겠다 하던 사람들이 모두 펑크를 냈다. 나는 서울에 20년을 살고도 국철과 1호선을 헷갈리고 갈아탈 때마다 실수를 한다. 그날도 마찬가지였다. 여러 번 실수를 해서 출발한 곳으로 되돌아오고, 시민들의 도움을 받아 문이 닫히려는 지하철에서 뛰어내리고, 사람들에 떠밀리면서 간신히 목적지에 도착하니 이미 식은 끝나 있었다. 나는 아는 사람 한 명 없는 피로연장에서 혼자 밥을 먹고 10분 만에 주섬주섬 짐을 챙겨 서울로 돌아왔다. 왕복 여섯 시간이 걸렸다.

그날 저녁엔 맥주를 홀짝거리며 이런 생각을 했다. 신랑 신부가 원한 것은 축의금이 아니라 진심이 담긴 축하일 텐데, 정말 가고 싶은 행사가 아니면 실컷 기대를 품게 해놓고 당일에 번복하는 것보다 애초에 안 간다고 하는 게 낫지 않나? 하지만 남의 결혼 초대를 거절하는 것은 '너는 나에게 그만큼 중요한 인맥이 아니다'라는 뜻이다. 그건 곧 관계의 단절을 의미하므로 거절이 쉽지는 않을 것이다. 그렇다면 공평하게 모든 결혼식에 참석하지 않는 건 어떨까?

그 두 번의 결혼식을 끝으로, 나는 공식적으로 모든 결혼식을 끊었다.

"우리 엄마가 이혼하고 재혼하기 전에는 결혼식 갈 일 없어."

그렇게 선언했다.

"정말 축하해. 너 드레스 입은 모습 꼭 보고 싶다. 그런데 아쉽게도 내가 결혼식을 끊었어."

청첩장을 주러 집 앞까지 찾아온 후배는 그 말에 전혀 섭섭해하

지 않았다. 그녀는 방송 작가로 오래 일해서 주변에 여자 동료가
많다.

"괜찮아요. 요새 그런 언니들 많더라고요."

후배가 말했다.

오, 나의 까칠하고 든든한 동지들이여. 그 후배뿐 아니라 선배,
친구 중 누구도 지금껏 결혼식에 참석하지 않는다고 나를 원망하
지 않았다. 아마 그들은 내가 결혼해서 축의금 회수하기를 영영
포기한 줄 알 것이다. 가끔 '이대로라면 내 결혼식에 올 사람이 한
명도 안 남겠군' 생각한다. 사람 일은 어찌 될지 모르는 것이니 '난
죽어도 결혼 안 해'라고 장담하진 않는다. 하지만 이렇게 된 이상
어쩔 수 없다. 만일 내가 결혼을 한다면 하객이 아주 적은 조촐한
식을 치를 수밖에 없을 것이다. 요즘 톱스타들도 전부 '스몰웨딩'
아니면 '노웨딩'이던데, 이렇게 본의 아니게 유행에 동참하게 되었
다. 트렌드의 별자리 아래 태어난 운명이여! 물론 둘도 없는 절친
이 내 결혼식을 보이콧한대도 원망하지 않을 것이다. 결혼식 따위
가 대체 뭐라고 사람을 귀찮게 오라가라 괴롭히겠는가. 말인즉, 미
안하지만 그들 결혼식 그들에게나 중요하지 나는 전혀 관심 없다.

사랑의
　　다른 결말

끝없는 외로움도
끝없는 행복도 없다.

스물여덟 살 때 사귀던 남자 친구와 헤어지자 선배가 말했다.

"스물여덟에 헤어지면 서른넷까지 솔로던데."

무슨 과학적 근거를 갖고 한 말은 아니겠으나 그게 현실이 되었다. 돌이켜보면 그즈음의 나는 남자들이 보기에 연애만 하기에는 애매한 나이, 결혼을 하기에는 애매한 캐릭터였던 것 같다.

"매력적이시네요. 하지만 당신 같은 여자를 만나면 2년 안에 결혼을 못 할 것 같아요."

실제로 서른 즈음 소개팅에서 그런 말을 들었다. 왜 자기 말에 웃지를 않냐, 그래 갖고 기자 일은 어떻게 하느냐 시비를 걸기에 "내가 지금 일하러 나왔어요? 그리고 재밌어야 웃지, 재미도 없는데 어떻게 웃습니까? 그쪽, 엄청 재미없어요"라고 쏘아붙인 직후다. 그는 말 잘 듣는 여자 만나서 2년 안에 결혼하는 게 목표인 남초 회사의 샐러리맨이었다.

결혼에 대해 아무 생각이 없던 시절을 지나고 '하면 할 수도 있겠지만 되도록 안 하는 게 좋다'로 생각을 정리한 30대 후반부터는 오히려 연애의 기회가 많았다. 안정된 관계에 대한 기대를 접고 나니 나와 어울리는 사람인가, 말이 통할까, 이 사람과의 미래는 어떻게 전개될 것인가, 주변의 평판은 어떤가, 함께 인생의 위기를 헤쳐갈 수 있는 사람인가 등등의 추측 없이 만남을 시작할 수 있었다. 나를 어필하려 애쓸 필요가 없었고, 상대를 시험할 필요도 없었다. 그러다 더러 사랑에 빠지기도 했고, 행복했고, 상처를 주고받았으며, 울기도 했고, 지리멸렬한 끝을 맞기도 했다. 그리고 보시다시피 아직 누구와도 결혼하지 않았다. 어떤 남자는 독신주의자였고, 어떤 남자는 결혼보다 중요한 인생의 고비를 넘고 있었으며, 어떤 남자는 아직 제 한 몸도 책임질 능력이 없었다. 그렇다고 그것들이 이별의 이유가 되지는 않았다.

서로 결혼을 꿈꾸지 않는다는 이유만으로 많은 친구들이 나와 연인들 간의 애착 관계가 깊지 않거나 남자가 내게 불성실할 거라 짐작했고 자주 헤어지라고 권유했다. 주로 연장자들이다. 그들은 결혼이 사랑이 아니라 상황의 문제임을 종종 잊어버리는 듯했다. 특히 타인의 경우에는 말이다.

하지만 그들의 짐작은 틀렸다. 우리의 결론이 결혼이 아니라고 해서 함께 여행을 다니고, 봄날의 가로수길과 여름의 해변을 걷고, 밥을 지어 먹고, 음악을 듣고, 매일 통화하고, 타인에게 하지 않는 투정을 부리고, 시시한 것들에 함께 웃고, 살아온 날과 살아갈 날들을 이야기하고, 이해하고 위로하려 애쓰고, 서로의 몸을 어루만지고, 팔베개를 한 채 잠들고, 아플 때 곁을 지켜준 그 모든 시간이 무의미한 것이 되지는 않는다. 결혼에 대한 기약 없이도 우리는 연인에게 그런 것들을 해줄 수 있다. 사랑의 영속성에 대한 집착만 버린다면 그 상태로도 우리는 행복할 수 있다. 어쩌면 그런 집착이 없었기에 더 다양한 사람들을 만나고, 그 순간에 충실할 수 있었으며, 그 관계들이 조금 더 오래 지속될 수 있었다고도 생각한다.

내게 외로움에 대한 불안, 이별에 대한 두려움, 쓸쓸한 독거노인이 되는 공포를 벗어나게 해준 것은 영원에 대한 기약이 아니라 그런 연애의 경험들이었다. 언젠가 다시 혼자가 된다 해도 나는 그 경험들에서 얻은 교훈을 딛고 일어설 것이다. 끝없는 외로움도, 끝없는 행복도 없으며, 언제 어디서 인연이 나타날지 모른다는 믿음 말이다.

중년을 맞이하는
독신의 자세

얼마나 편한가.
남들이 만들어놓은
판타지에 중독되지 마라.

나는 원래 나이를 별로 의식하지 않는 편이다. "나의 롤모델은 마르그리트 뒤라스"라고 부르짖기도 했다. 소설가 마르그리트 뒤라스는 66세부터 죽기 전까지 16년 동안 연하의 남자 얀 앙드레아와 함께했다. 둘은 서른다섯 살 차이였다. 얀은 뒤라스의 열렬한 팬이고, 조수였으며, 동반자였다. 하지만 현실은, 그래 나도 안다. 나는 마르그리트 뒤라스가 아니고 여기가 프랑스도 아니다. 고작 열 살 차이 연하남이 대시를 해도 '과연 이게 될까?' 싶어 뒷걸음질을 칠 수밖에 없다.

건강 문제는 또 어떤가. 30대 후반부터는 아무리 나이를 잊으려 해도 몸이 그것을 상기시켜준다. 어릴 땐 일주일이고 열흘이고 의자에서 쪽잠을 자며 마감했는데 언젠가부터 하룻밤을 새우면 사흘을 드러눕는다. 앉았다 일어설 때 나도 모르게 '끙차' 신음이 터져 나온다. 끼니를 거르면 짜증이 폭발하고 생리주기는 점점 짧아진다. 예전엔 거뜬히 이겨내던 감기 몸살에도 이제는 며칠씩 일상을 전폐하고 앓는다. 생전 없던 알레르기와 비염도 생겼다. 가까운 선배 한 명은 40대 초반 공황장애 진단을 받은 뒤 부쩍 비관적인 사람이 되었다. 그녀와의 대화는 어떤 주제로 시작하든 암울한 노년으로 귀결된다.

"남편도 자식도 없이 혼자 늙어 죽을래?"

어릴 때부터 결혼하기 싫다고 하면 항상 이런 협박이 따랐다. 마흔 살이 되는 순간 타이머의 알람이 울리듯 그 말이 머릿속에 울려 퍼졌다. 정말 이대로 괜찮을까? '혼자 사는 여자'에서 '혼자 사는 중년 여자'로 이행하는 단계에서 나는 스스로에게 물었다.

마침 그때 잡지사에서 '여자 나이 마흔'이란 주제의 칼럼을 청탁받았다. 나는 20~30대 여성이 가진 40대에 대한 걱정을 모아 언니들에게 물었다. 그리고 나 자신이 가졌던 '혼자 사는 중년 여자'에 대한 답도 얻었다. 매우 긍정적인 내용이다. 그들도 노년은 아직 모른다. 어쩌겠나, 늙어서 혼자 사는 게 지지리 궁상맞을지, 엄청나게 신날지 알 수 없지만 그것을 위해 우리가 할 수 있는 거라고는 당면한 현실부터 차근차근 살아내는 것밖에 없다. 나는 그녀들의 말을 비상식량처럼 마음 한구석에 담아두고 혼자서 흥겹게 중년을 통과할 것이다. 잊지 않기 위해 그 말들을 여기 기록해둔다.

"40대에 사랑을 할 수 있을까요? 40대 여자들의 연애나 사랑 이야기가 궁금해요."

연애에 있어서 마흔은 새로운 게임이 열리는 시기다. 20대라고 다 경쟁력이 있는 것도 아니고, 40대라고 연애가 끊기는 것도 아니다. 남자들도 나이가 들면 대화가 되는 여자를 원한다. 내숭 떠는 여자들을 피곤해한다. 이제 그런 거 지겹고 반복하기 싫은 거다. 40대 싱글 남녀가 많아지다 보니 예전처럼 기회가 드물지도 않다.

_43세, 잡지 마케터

오히려 40대가 되면 자신감, 여유, 털털함 같은 게 생겨서 성격은 유리해진다. 농담을 하더라도 분위기 보면서 '들어가야 하나 말아야 하나' 주저하지 않고 꽂히면 말을 하니까 그에 매력을 느끼는 후배들도 있다. 문제는 40대에 자기 관리를 놓치는 친구들이 있다는 거다. 그러면 곤란하다. 45세가 넘어가면 아무리 관리를 해도 나이에 대한 두려움 때문에 연애가 잘 안 되는 경우가 있다. 그럴 땐 차라리 외국인을 공략하라. 싱글 여성이라면 억지로라도 사람을 만날 수 있는 환경을 만들어야 한다. 데이트 애플리케이션을 이용해보라.

_44세, 레스토랑 운영자

"비혼자라고 하면 무턱대고 '애 낳고 결혼하는 게 정상'이라 저를 설득하려는 사람들에게 뭐라고 하면 좋을까요? 연애하고 결혼하고 애 낳는 게 인생의 전부라 믿는 주위 사람들은 피하게 돼요."

나 하나쯤 괜찮다고 생각하면 된다. 결혼 안 하고 살면 자유롭고 편해서 좋다. 좋은 사람이 있어야 결혼을 하는 거지, 결혼을 위해 사람을 만나는 건 패착의 첫째 조건이다. 현실을 타개하기 위해 다른 현실로 들어가는 짓이다. 내 자식은 착하고 효자일 거란 착각도 버려야 한다. 애는 복불복이다. 남편도, 배우자 집안도 마찬가지다. 노후 대책을 위해 애를 낳는다고? 애 키우는 기회비용을 자신에게 쓰는 게 낫다. 스스로 자신감을 키워야 한다. 자기 자신을 믿지 않기 때문에 여건이 바뀌면 내가 바뀔 거라는 착각과 오해 속에 사는데, 내가 바뀌지 않으면 달라지는 건 아무것도 없다. 결혼해도 실패하고 돌아올 수 있다. 자신이 당당해야 타인을 설득할 수 있다. 그럴 소신이 없다면 그냥 아무 남자나 잡고 결혼하든지. 나는 결혼한 친구들이 잘 살기를 바란다. 하지만 그들과 비교해 내가 불행하다는 생각은 해본 적이 없다. 노년의 스트레스는 크게 세 가지에서 온다. 돈, 남편, 자식이다. 싱글은 그중 두 가지가 없으니 돈만 걱정하면 된다. 얼마나 편한가. 남들이 만들어놓은 판타지에 중독되지 마라.

_47세, 영화감독

이 나이에 결혼해봤자 운 좋으면 시부모 병 수발, 운 나쁘면 남편 병 수발이다. 그냥 쭉 혼자 살지?

"40대가 되면 젊을 때 해보지 못한 많은 일들이 후회될까 걱정이에요."

40대가 되면서 심리적으로 평온을 찾는다. 신체가 쇠약해지기 때문에 생각하는 속도나 몸이 각성되는 속도가 확실히 느리다. 하지만 그 덕분에 젊을 때 정신없이 살던 것에 비해 안정되고 여유로워진다. 경제적으로도 30대보다 낫다. 시간도 훨씬 많고. 일에서나 관계에서나 능숙해지기 때문에 불필요한 과정을 줄일 수 있다. 예전엔 서툴러서 하루 종일 정신없이 바빴다면 요즘은 오히려 심심해서 운동하고 산책하고 시간을 잘 보내기 위한 새로운 방법들을 찾는다. 어떻게 사는 게 잘 사는 걸까, 라는 고민을 부쩍 자주 하고. 그러다 깨달은 게, 청춘의 피크는 25세가 아니라 35세라는 거다. 회사를 때려치우고 여행을 가겠어, 유학을 가겠어, 했을 때 뭐든 가능한 나이가 30대다. 40대는 그 판단이 쉽지 않다. 그러니 아직 30대라면 지금이 가장 젊고 아름다운 시기라 생각하며 하루하루를 보내라.

_46세, 편집 디자이너

259
• • •

"40대에도 새로운 걸 배우고 도전하고 싶은 생각이 들까요? 그게 가장 두려워요."

30대에는 야망을 위해 회사에 180퍼센트 전념했다. 그런데 40대가 되니까 내가 정말 원하는 게 뭔지 고민하게 된다. 선배들을 보면 30대에 아무리 잘나갔대도 50대에는 하차를 하든 새로운 시작을 하든 정하게 되더라. 그때 가서 뭔가 해보려고 하면 늦을 수도 있다. 40대는 정리를 해야 하는 기간이다. 그에 맞는 안목도 생기고 실천력도 생긴다. 어릴 땐 남들에게 보여주기 좋은 일에 치중하고 뜬구름을 잡으려 했다면, 지금은 내가 진정 원하는 걸 하려 하고, 거기 투자할 용기와 자금이 있다. 남들의 판단이나 평가를 두려워하지 않는다. 인생의 군더더기가 사라진 거다. 그래서 나는 지금 행복하다. 나이 같은 건 생각 안 하는 게 좋다. 난 스스로 30대 후반이라 착각하고 살아서 누가 물어보면 헷갈린다. 그런 점에서 우리나라 상황이 좀 슬픈데, 차라리 외국의 40대를 보고 영감을 받는 게 어떤가? 그들은 40대라고 못 하는 거 없지 않나. 난 그냥 언제까지나 30대 후반이라 생각하려고.

_44세, 레스토랑 운영자

열정이 사라질까 봐 고민이라고? 난 더 많아졌는데? 그리고 꼭 열정을 발휘해야 하나? 하고 싶은 게 없으면 안 하면 되지. 그게 좋은가 보지. 그냥 그때그때 마음 가는 대로 살아라. 어차피 타인은 아무도 당신한테 관심 없다. 남들 시선 생각하면 20~30대와 다를 게 뭔가? 30대 때는 모든 걸 다 잡아야 한다는 헛된 소망, 희망 고문에 많이 빠져들지만 40대가 되면 포기할 건 포기하고 내 상황을 냉철하게 돌아보게 된다. 대부분 불행은 타인과의 비교에서 온다. 40대가 되면 그걸 덜 하게 된다. 젊고 예쁠 때는 그로 인해 갖게 되는 욕심이 많지 않나. 하지만 40대가 되면 현실을 냉정하게 보게 된다. 방황할 시간도 없고, 필요성도 못 느낀다.

_47세, 영화감독

혼자서, 완전하게

나는 말 잘 듣는 어린이였다. 유치원에 다닐 때는 "밥은 서른 번 이상 꼭꼭 씹어 먹어야 한다"는 선생님 말을 듣고 집에서 숫자를 세며 밥을 우물거려 부모님을 포복절도시켰다. 그런데 내 나이 일곱 살에, 일이 어찌 되려고 그랬는지, 등원길에 교통사고를 당하는 바람에 겁을 먹고 유치원을 중퇴해버렸다. 이른바 '방목'의 나날이 시작된 것이다. 첫 번째 사회화 단계에서 0.1밀리미터쯤 옆길로 빠진 나는 올곧은 성격대로 그 길을 따라 쭉 걸어왔는데, 어느 순간 주변을 돌아보니 그게 글쎄, 말 잘 듣는 어린이들이 걸어간 길과는 까마득히 멀어져 있지 뭔가.

마흔 살 생일을 앞둔 어느 날이었다. 누가 물었다.

"결혼식을 작게 하고 싶은데 부모님이 반대해요. 어른들 뜻에 따라야 하는 걸까요?"

농담 반 진담 반, 이런 것도 물었다.

"결혼하면 꼭 아파트에 살아야 해요? 신혼집을 알아보는데 아파트는 엄청 비싸더라고요."

답은 누구나 안다. 나도 알고 그녀도 안다. 가장 중요한 건 나 자신이고 내 형편 맞춰 살면 되지 남 눈치 볼 것 없다. 원룸에서 애둘 키우면서 알콩달콩 사는 부부도 많다. 하지만 주변 분위기에 휩쓸리기 시작하면 그게 쉽지 않다.

또 다른 동생은 이런 걸 물었다.

"소설이든 시나리오든 창작을 하고 싶어요. 구상해둔 스토리도 있어요. 그런데 회사를 다니면서는 못 쓸 것 같아요. 그래도 직장을 그만두는 건 미친 짓이겠죠? 요새 이 분야는 그만두면 다시 취직하기 힘들잖아요."

그 자리에 모인 이른바 '육아 경단녀'와 초저소득 자영업자 들은 그녀를 말렸다. 글은 쓰되 회사는 그만두지 말라고 했다. 내 생각은 달랐다. 나는 프리랜서로 여기저기 글을 기고하고 책을 써서 돈을 번다. 그럴 수 있어서 회사를 그만둔 게 아니라 회사를 그만두고 수입이 없으니까 절박해서 혹은 놀다 보니 아이디어가 떠올라서, 시간이 남아도니까 심심해서, 이런저런 기획을 하고 그것을 실현해왔다. 생각해보면 회사를 다닐 때가 훨씬 바쁘긴 했으나 바쁘다는 핑계로 미래를 설계하는 데는 훨씬 게을렀다.

어느 언니는 그랬다.
"난 요즘 네가 가장 부러워."
회사 안 다니고, 여행 가고 싶을 때 가고, 일은 설렁설렁 하는 것 같은데 생활이 별로 궁색해 보이지 않으니 하는 소리다. 하지만 그녀의 취향은 나보다 훨씬 고급스럽다. 나는 긴 여행을 위해 여러 번 환승하는 저가 항공을 이용하고, 더러운 게스트 하우스나 남녀 공용 도미토리에서 지내면서 경비를 절약한다. 반면 그녀가 생각하는 여행이란 비즈니스 클래스를 타고 고급 리조트에 묵으면서 매력적인 남자들로 가득한 풀 사이드에 앉아 와인을 마시는 것이다. 물론 경제력도 나보다 열 배는 뛰어나다. 그녀가 나를 부러워할 점이라고는 바퀴벌레가 들끓는 민박집에 던져놔도 헤헤 웃을 수 있는 적응력과 무던함뿐일 것이다.

그들의 고민이 얼마나 진지한 건지 나로서는 알 길이 없다. 행복은 감추고 불행은 과장하고 예의상 자조하는 한국인의 언어 습관을 고려하면 그냥 해보는 말일 수도 있다. 그래서 나도 그냥 듣는다. 하지만 요즘은 이런 말들, 그러니까 자신의 욕망과 현실의 괴리를 고백하는 말들에 위화감이 들곤 한다. 살다 보면 누구에게나 위기의 순간이 닥친다. 그중 어떤 것들은 정말로 심각해서 친구의 위로보다는 좋은 의료진과 기적의 치료제, 공적자금 지원, 경찰, 변호사 혹은 헌신적인 자원봉사자가 필요하다. 하지만 그 밖에 대부분은 대개 현실이 불만스럽고 뭔가 다르게 살고 싶은데 그게 쉽지 않다는 고민이다. 즉 '내 맘대로 못 살아서 불행하다'는 말이다.

해법은 간단하다. 내가 어떤 사람인지 파악하고, 할 수 있으면서 하고 싶은 일을 하고, 나머지는 잊어버리면 된다. 하지만 그게 쉽지 않다. 대부분 결정 과정에서 순서가 뒤바뀌는 오류를 겪는다. 내가 어떤 사람인지 파악하는 단계를 건너뛴 채 "내 맘은 이것이다"라고 말한다. 나를 잘 모르니까 막연히 남들이 좋다는 거, 누가 시키는 거, 남이 욕망하는 걸 흉내 내고, 그 욕망이 내 것인양 착각하며, 내게는 필요도 없고 가능하지도 않은 것들을 가졌다는 이유로 타인을 동경하고 질투한다. 그런 바람은 어쩌다 실현되더라도 '어머, 이 산이 아닌가 봐'라는 후회를 남긴다.

예컨대 '결혼해서 집을 떠나는 것'이 목표였던 한 친구는 막상 그 목표를 이루고 나서야 자신이 진짜 원한 건 '결혼'이 아니라 '집을 떠나는 것'이었으며, 그건 결혼이라는 보조 장치 없이도 가능한 일이었다는 사실을 깨닫고 혼란에 빠졌다. 그녀가 진짜 원한 건 자유였는데, 자기 욕망을 제대로 파악하지 못하는 바람에 더 부자유스러워지고 만 것이다.

이런 말을 한 청년도 있었다.

"여행 다니는 걸 참 좋아했어요. 고등학생 때 친구랑 둘이서 국토대장정도 하고, 혼자 인도 배낭여행도 가고, 동남아도 갔어요. 그런데 문득 내가 누군가에게 보여주기 위해 여행하고 있다는 걸 깨달았어요. 사진 찍는 데 집착하고, 이 감상과 교훈을 어떻게 전할까 상상하고, 힘든데도 포기하기 부끄러워서 계속 다닐 때도 있었죠. 나 이렇게 즐겁게 산다 자랑하고, 나의 취향을 과시하고 싶은 마음도 있었고요. 그걸 깨달은 순간 여행을 그만뒀어요."

우리는 많은 순간 누군가에게 보여주기 위한 선택을 한다. 입고 나갈 옷을 고르는 것부터 일과 사랑, 결혼 등 인생을 좌우하는 중대한 문제에 이르기까지. 하지만 그 모든 선택을 고스란히 감당해야 하는 것은 결국 나 자신이다.

자신의 욕망을 파악하고 나서도 간혹 두려움이 발목을 잡는다. 우리는 현실에서 벗어날 대책을 세우기보다 걱정하느라 더 많은 시간을 허비한다. 짧게는 몇 달, 길게는 몇 년씩 술만 마시면 똑같은 회사 욕, 가족 욕, 친구 욕으로 주변을 괴롭히고, 무언가를 간절히 원한다면서도 이게 될지 안 될지 점쟁이나 찾아다닐 뿐 도무지 해결책을 실행에 옮기지 않는다. 연예인 캐스팅 디렉터에게 들은 말이다.

"배우가 되고 싶다고 찾아오는 사람들은 아주 많죠. 대부분은 그들에게 포기하라고 할 겁니다. 실제로 대부분 실패합니다. 그런데 저는 포기하라고는 하지 않아요. 중년까지 다른 일 잘하다가 자기 꿈을 못 잊어서 찾아오는 사람들도 있거든요. 그 정도로 절실한 꿈이라면 포기할 때 포기하더라도 도전은 해보는 게 좋지 않겠어요? 그럼 적어도 미련은 안 남겠죠."

그렇다. 내가 어떤 일을 할 수 있는지 없는지 해보기 전에는 알 수 없다. 그건 우리 자신이 판단할 문제가 아니다. 우리가 할 수 있는 건 하고 싶은 일을 하면서 결과를 기다리는 것이다. 그런데 사람들은 흔히 결과에 대한 막연한 두려움 때문에 무언가를 시도해보지도 않고 '별로 하고 싶지는 않지만 당장 할 수 있는 일'에 시간과 노력을 쏟는다. 그게 사소한 집안일 같은 거면 괜찮은데, 인생의 중요한 결정 앞에서도 끊임없이 결과를 지레짐작하면서 욕망을 회피하고 무의미한 일에 매진하는 우를 범한다. 긴 무명 생활 끝에 성공한 어느 영화감독을 인터뷰하면서 이런 농담을 들은 적이 있다.

"너무 일이 안 풀려서 다 때려치우고 기술을 배우려고 했어요. 그런데 문득 이런 생각이 들었어요. 나는 훌륭한 영화감독이 될 건데, 대한민국에서 그런 감독을 빼앗을 자격이 내게는 없다."

인생을 예측한다는 건 어찌 보면 시건방진 일이다. 저건 성공한 사람이나 할 수 있는 결과론적인 말이라고 생각할 수도 있다. 하지만 시도하기 전에는 성공도 실패도 없다. 일의 특성상 나는 성공한 사람들을 많이 만났고, 이런 결과론을 무수히 들었다. 그들에게 항상 동의하는 것도 아니고, 당신은 운과 재능이 따라줬잖아요, 라고 반박하고 싶은 경우도 많다. 그럼에도 다분히 그들에게 경도된 탓에 이런저런 핑계를 대며 시도도 해보지 않고 툴툴거리는 사람들을 보면 짜증이 난다. 예컨대 이런 말을 들을 때다.

"그 밴드 음악이 뭐 그렇게 대단하다고 이 난리인지 모르겠어. 그건 내가 10년 전에 생각한 콘셉트라고."

그래요, 나도 머릿속으로는 노벨문학상을 백 번도 더 탔어요.

실패에 대한 두려움은 대개 '하다'와 '되다'를 혼동하는 데서 온다. 어느 독립영화감독을 인터뷰할 때다. 보통은 영화를 하고 싶으면 시험 쳐서 영화과 진학부터 하던데 당신은 무슨 배짱으로 덜컥 월세 보증금 빼서 영화부터 찍었냐고 물었다.

"그 사람들은 영화를 하고 싶은 게 아니라 영화감독이 되고 싶은 거겠죠. 하고 싶으면 어떤 식으로든 하면 됩니다. 그런데 되고 싶어 하니까 문제인 거예요. 성공한 누군가를 동경하면서요. 당장 내가 가진 걸 잃을까 봐 전전긍긍하는 것도 한심해요. 그들이 가진 것도 그리 대단할 게 없거든요. 좀 잃으면 어때. 인생에 '안전빵'이 어디 있습니까? 정말 이건 안전한 길이다 생각해도 얼마든지 망할 수 있어요. 그럴 바엔 내가 하고 싶은 걸 해보는 게 낫죠."

이것은 내가 잡지기자로 일하며 얻은 말 중 가장 유용한 삶의 지혜다. 그때 나는 아직 누가 밥을 서른 번 씹어먹으라면 열다섯 번쯤은 씹는 척하는 예의 바른 청년이었으며, '거절하는 법'을 배우려고 안달하는 애송이였는데, 이 말이 나를 착한 아이의 길에서 0.1밀리미터 정도 더 벗어나게 해주었고, 조금 더 자유롭게 해주었다. 거창한 결과를 기대하지 않고 당장 하고 싶고, 할 수 있는 일을 할 것. 우리를 불만스러운 현실에서 벗어나게 해줄 교통편은 그것뿐이다.

관계에 있어서도 마찬가지다. 행여나 욕먹을까, 혹시 손해 볼까, 누군가를 상처 줄까, 실망시킬까…… 쓸데없는 걱정이 너무 많다. 하지만 막상 할 말 다 하고, 욕심 다 부리고, 마음 가는 대로 산다고 세상이 무너지지 않는다. 오히려 '쟤는 원래 그런 애'라고 각인되어 귀찮게 하는 사람이 줄어들 뿐이다. 행여 누가 당신의 그런 모습에 실망하거나 손가락질 좀 하면 어떤가. 실망하든 말든 그거야 그쪽 사정인데.

언젠가 4차원 인터뷰로 유명한 어느 배우를 만났을 때다. 그는 신작 흥행이 신경 쓰이냐는 질문에 잠시 생각하더니, 한숨을 쉬면서 이런 말을 했다.
"영화가 안 돼도 나는 내 인생 사는 거니까요……."
나는 웃었다. 그 후로 자주 이 말을 떠올린다. 세상이 무너져도 나는 내 인생 사는 거니까 흔들릴 필요도 없고, 남들이 뭐라 해도 내 인생이니까 내 맘대로 하면 된다. 재미있게도 몇 년 후 그 배우는 엄청난 스캔들에 휩쓸려 비난과 동정과 응원을 동시에 받았는데, 나는 뉴스를 보며 세간의 그 모든 반응이 그에게는 별 영향을 미치지 못하리라는 사실에 마음이 놓였다. 누가 뭐라건 그는 그의 인생을 살아낼 것이다. 타인의 인생을 손가락질하거나 비웃거나 걱정하는 사람들보다 훨씬 더 당당하고 행복하게. 그러니까 이것이야말로 우리가 혼자서 완전해지기 위한 결정적 주문이다. '내 인생 내가 사는 것.'

이제 와 이런 말해서 미안하지만 사실 당신이 혼자 밥을 먹든 말든, 혼자 놀든 말든, 평생 혼자 살든지 올림픽이 열리는 해마다 새

사람과 결혼을 하든지, 그런 건 중요한 게 아니다. 진짜 중요한 건 당신이 당신의 인생을 살고 있는가, 즉 정신적으로 충분히 혼자가 되었는가 하는 점이다. 비교할 이유도, 두리번거릴 이유도 없다. 남들이 아파트에 산다고 빚내서 아파트를 살 필요도 없고, 한두 번 망한다고 인생이 끝나는 것도 아닌데 주저할 이유도 없고, 애당초 내게는 불가능한 라이프스타일을 단지 그렇게 사는 누군가가 행복해 보인다는 이유로 부러워할 까닭도 없다.

또한 그렇기 때문에 우리는 자신을 더 잘 이해할 필요가 있다. 다년간의 관찰 끝에 나는 나의 모든 욕망을 뛰어넘는 지속적이고 강렬한 욕구가 바로 게으름이라는 사실을 발견했다. 나란 인간은 80퍼센트의 게으름과 10퍼센트의 유희본능과 8퍼센트의 생산력과 2퍼센트 정도의 성공의지로 구성된 게 아닐까 생각한다. 그런 분석을 내리고 나니 인생에서 주어지는 것들 중 내게 맞는 것은 취하고 안 맞는 것은 홀가분하게 잊는 게 가능해졌다. 혼자 밥을 먹고 혼자 놀고 혼자 사는 건 그게 내게 잘 맞는 삶의 방식이기 때문이다.

그리고 어쩌면, 당신에게는 다른 형태의 삶이 더 잘 맞을 수도 있다. 너무 외로움을 많이 타서 혼자가 되는 걸 못 견딘다거나, 경쟁과 승리에서 희열을 얻는 타입이거나, 인생에서 얻고자 하는 궁극의 가치가 돈이나 명예, 행복한 가정일 수도 있다. 그런 당신에게는 내 인생이 한심해 보일 수도 있다. 하지만 우리 서로 잔소리는 참기로 하자. 나는 내 인생을, 당신은 당신의 인생을 사는 거니까. 우리 각자 혼자서 완전해지면 되는 거 아니겠나.